sommaire

Je préfère que tu sois sage 1
POST
TOI
M. TOI, HEIN ?
C'EST VRAI QUE ÇA FAIT UN MOMENT QU'ON L'A PAS VU.
Il est en retard sur son loyer, aussi...
EN EFFET. NOUS NE SOMMES PAS NON PLUS EN MESURE DE LE CONTACTER.
NOUS CRAIGNONS UN SUICIDE.
UN SUICIDE !?
NE PARLEZ PAS DE MALHEUR, MONSIEUR...
CLING
Godai Minoru
VOILÀ, C'EST OUVERT.
POUSSE
AAAH !
TOI !
BAM

EUH... PRÉVENEZ-MOI QUAND VOUS AUREZ FINI...
BAM
OÙ IL EST PASSÉ ?! PUTAIN !!
CHERCHE DANS TOUS LES COINS !!
BOUM
OK.
ARRÊTEZ DE FAIRE TOUT CE BOUCAN.
Vous allez déranger les voisins.
CLANG
BOM
ON DIRAIT QU'IL S'EST DÉJÀ ENFUI...
Y A RIEN DE VALEUR À RÉCUPÉRER, VOUS CROYEZ ?
FRSH

TAP
ゴッ
MINORU, VOUS... ?
OH !
CLAC
ガラ

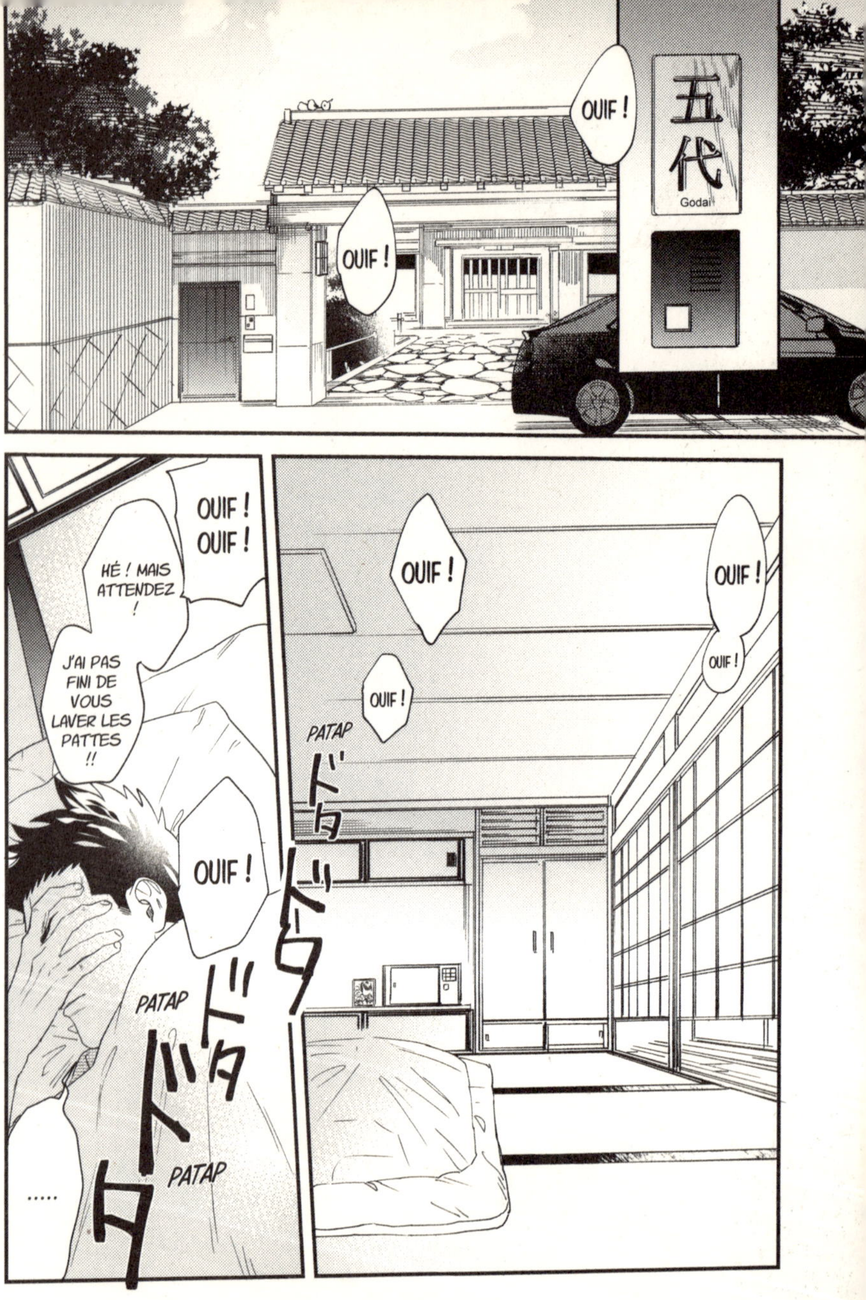

五代
Godai
OUIF !
OUIF !
OUIF !
OUIF !
OUIF !
OUIF !
PATAP
OUIF ! OUIF !
HÉ ! MAIS ATTENDEZ !
J'AI PAS FINI DE VOUS LAVER LES PATTES !!
OUIF !
PATAP
PATAP
......

TAP
BROUIF !
FFF
ポメフッ
POUF
......
ARF
ARF
AAAH !

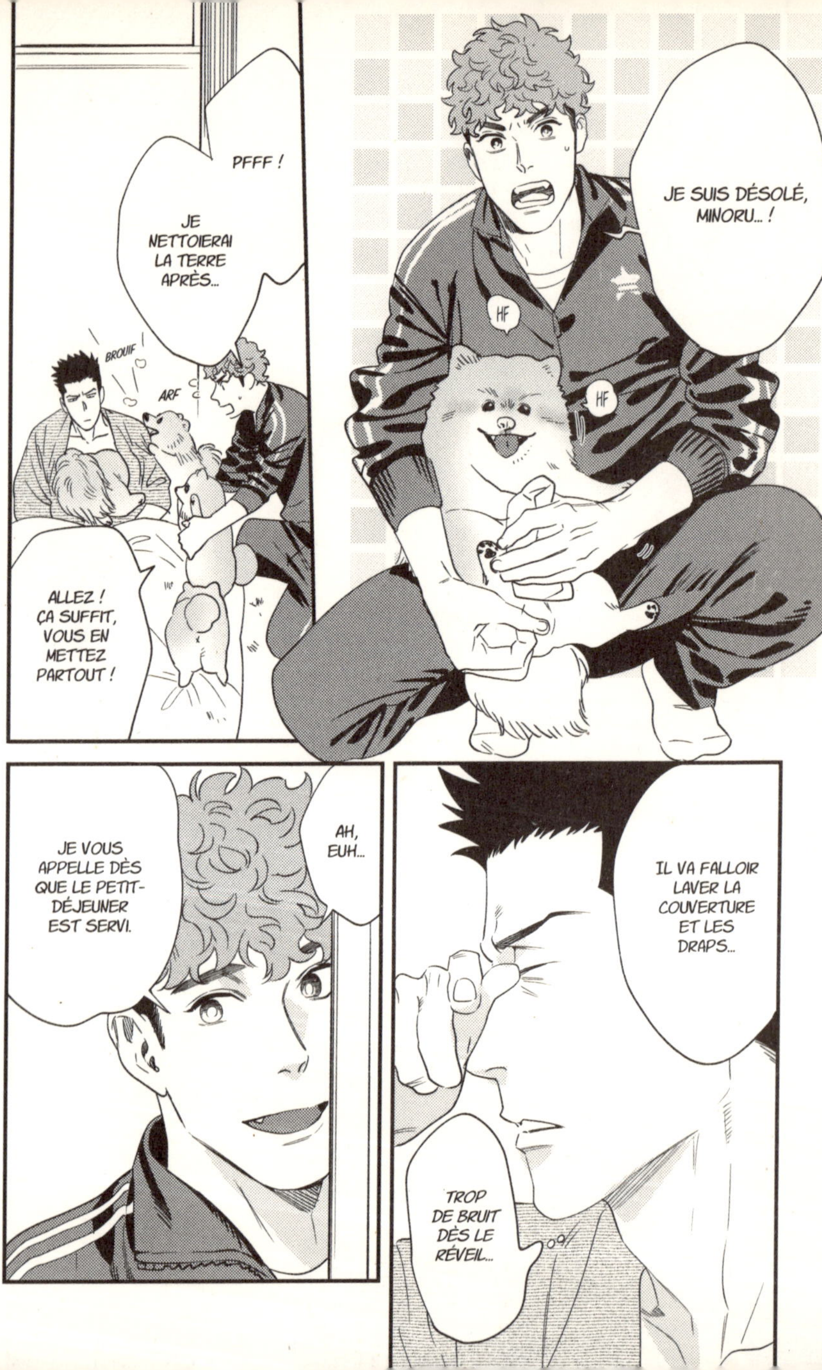
JE SUIS DÉSOLÉ, MINORU... !
HF
HF
PFFF !
JE NETTOIERAI LA TERRE APRÈS...
BROUIF
ARF
ALLEZ ! ÇA SUFFIT, VOUS EN METTEZ PARTOUT !
IL VA FALLOIR LAVER LA COUVERTURE ET LES DRAPS...
TROP DE BRUIT DÈS LE RÉVEIL...
AH, EUH...
JE VOUS APPELLE DÈS QUE LE PETIT-DÉJEUNER EST SERVI.

Toi Fûtarô, 21 ans.
Dans la famille Godai depuis onze ans.
FLAP

* Affiche : Emprunts irréguliers ? Prenez un avocat !

À 27 ans, alors que je pratiquais encore la chasse aux dettes...
je suis entré dans l'appartement d'un type qui s'était évaporé pour ne pas avoir à rembourser.
C'est pourquoi j'ai fini par changer de secteur d'activité.
BRR
C'est là que nous avons trouvé Fûtarô.
J'avais un petit frère à protéger...
je ne voulais pas qu'il fasse les frais de nos débordements.
Un enfant, seul, enfermé dans l'obscurité d'un minuscule placard.

IL ÉTAIT TOUT MAIGRE... ET SI PETIT, À L'ÉPOQUE...
POP
MINORU...
LE PETIT-DÉJ EST P...
RÊT...
J'ARRIVE DÈS QUE JE SUIS CHANGÉ.
FIIXE
GLOUPS
... QUOI ?
Il est déjà habillé ?!
FROUSH
EUH, RIEN...

Ruri (70 ans)
Gouvernante de la famille Godai
Très expérimentée
Elle est retraitée, mais elle vient encore par habitude
RURI N'EST PAS LÀ ?
ELLE EST PARTIE CUEILLIR DES FLEURS DANS LE JARDIN.
LA SOUPE MISO EST BONNE ?
OUI.
SLURP
ず
PARFAITE.
HAN
ほっ
GÉNIAL, MERCI !
DE CANICHE NAIN À CANICHE ROYAL...
IL A ÉVOLUÉ...

TU T'EN SORS, AVEC TES COURS ?
CLING
OUI.
POUR L'INSTANT, J'AI TOUS MES CRÉDITS.
IL EST TEMPS QUE TU PENSES À TE CHERCHER UN TRAVAIL, AUSSI.
C'EST LE BON MOMENT POUR COMMENCER À CONTACTER DES ENTRE-PRISES.
J'AI UNE SESSION D'INFORMATIONS CET APRÈS-MIDI...
MAIS JE PRÉFÉRERAIS VRAIMENT QUE VOUS...
NON.

POF
Bambou Quotidien
Jeune, mignon et seme !
La différence d'âge n'est pas un problème !
JE SAIS CE QUE TU VAS DIRE : TU VEUX TRAVAILLER POUR MOI.
ET C'EST NON.
MAIS J'AVAIS MÊME PAS FINI MA PHRASE... !
VOUS POUVEZ AU MOINS ME DIRE POURQUOI ?
HM...
.....
C'EST POUR TON BIEN.

ATTENDEZ !
FRSH
みし
FRSH
みし
MINORU, S'IL VOUS PLAÎT !
SI C'EST POUR MON BIEN...
ALORS JE PENSE QUE CE SERAIT MIEUX POUR MOI D'ÊTRE À VOS CÔTÉS !
JE NE SAIS PAS À QUELLE HEURE JE RENTRERAI, MANGE SANS MOI.
IL M'A IGNORÉ !!
LA RAISON POUR LAQUELLE JE SUIS LÀ, AUJOURD'HUI...

C'EST GRÂCE À VOUS.
JE VEUX POUVOIR VOUS RENDRE LA PAREILLE.
BOUDE...
GNIII
ギイ
WAH !

FROTTE
わしゃ.
JE COMPRENDS.
DOM
DOM

POF
JE ME DOUTE DE CE QUE TU RESSENS.
DOM
DOM
MAIS...
TU N'ES PLUS UN ENFANT. IL FAUT TE DÉBROUILLER SEUL.
JE FILE.

PFFF...
NE SOYEZ PAS SI DUR AVEC LUI ET ESSAYEZ D'ÉCOUTER CE QU'IL A À DIRE, MINORU...
RURI...
JE N'AI PAS L'INTENTION D'ÊTRE DUR AVEC LUI...
FUFUFU... JE SAIS BIEN...
VOUS ÊTES TRÈS GENTIL, MAIS TROP PEU EX-PRESSIF...

BLA
BLA
Ça faisait longtemps qu'il ne m'avait pas caressé la tête comme ça...
IL LE FAISAIT TOUT LE TEMPS, QUAND J'ÉTAIS PETIT !
HI HI
C'est lui qui m'a pris sous son aile et qui a fait en sorte que je puisse grandir dans un bon environnement.

Rencontres professionnelles post-diplôme
C'est parce que je tiens à rembourser cette dette que je veux travailler pour lui.
C'EST POURQUOI JE NE VOIS PAS L'INTÉRÊT DE PARTICIPER À CE GENRE D'ÉVÉNEMENT...
MAIS MINORU NE VEUX RIEN ENTENDRE...
Tu n'es plus un enfant. Il faut te débrouiller seul.
Je suppose que...
GNN
c'est sans espoir pour quelqu'un qui ne fait pas vraiment partie de la famille.

EH BEN, ÇA AURA PRIS UN TEMPS FOU...
POUF
MINORU A DIT QU'IL RENTRAIT TARD...
JE VAIS FINIR QUELQUES RESTES... HM ?
OH !
Je suis partie ! J'ai nourri les toutous. Ils dorment dans leur chambre.
Ruri
MINCE ! LES SPITZ !

MAÎÎÎÎÎTRE
OH LÀ LÀ ! LA CHAMBRE DE MINORU EST ENCORE TOUTE SALE !
ARF ARF
POF POF
LES SPITZ ONT PIÉTINÉ PARTOUT !
AAAA
AH !
FRR
FRR
FRR
HEUREUSEMENT QU'IL NE RENTRE PAS TOUT DE SUITE...
BON...
PLUS QUE LES DRAPS ET LA COUVERTU...
AH, ET SON YUKATA...

DOM
IL VA FALLOIR AUSSI... LE LAVER... ÇA SE RÉCHAUFFE, EN CE MOMENT...
Du calme.
DOM
IL A DÛ... TRANSPIRER...
NON... ?
DOM
Tu ne devrais pas...
FRR
DOM
te laisser aller comme ça, Fûtarô...
DOM
MINORU...
HMM...
DOM
Je...

BADOM
Depuis ce jour-là...
BADOM
je ne compte plus...

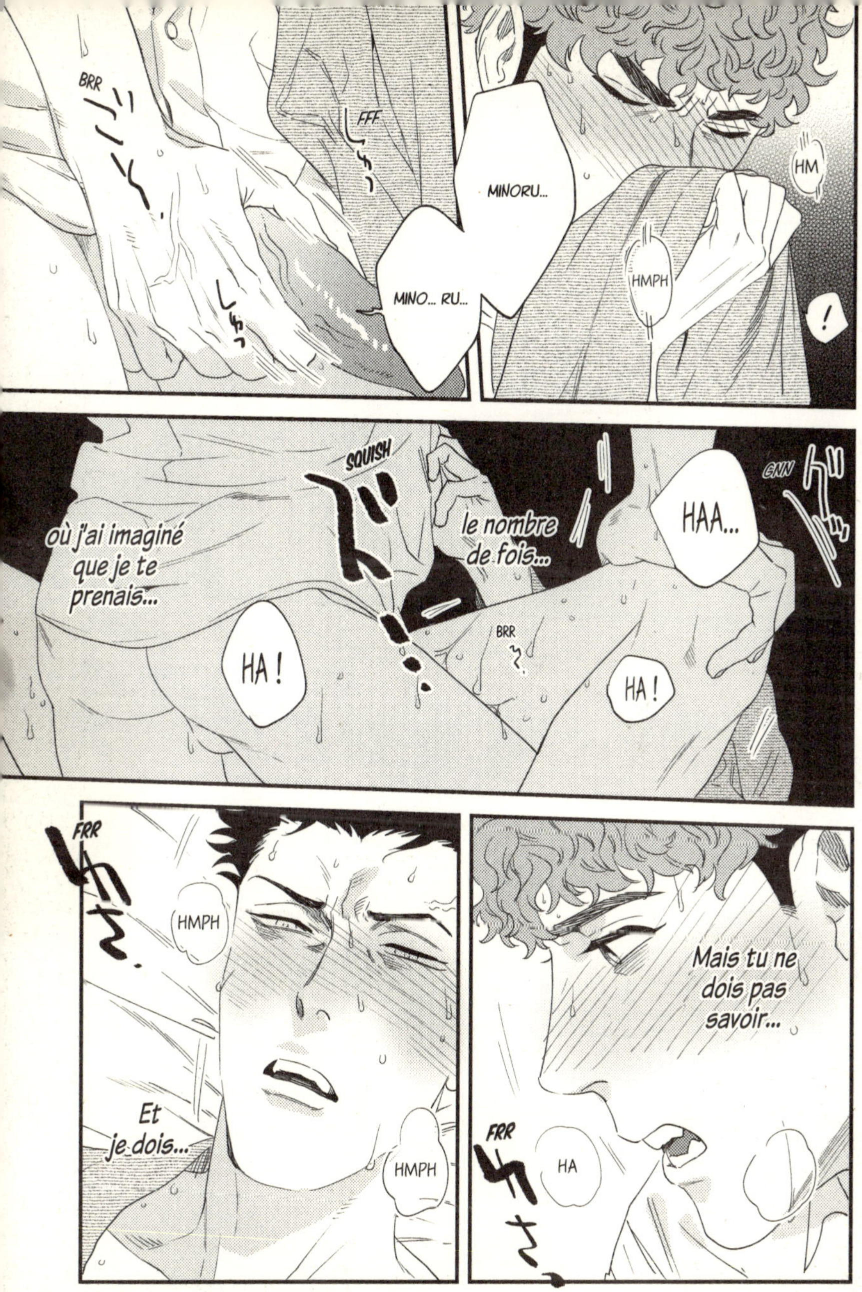
HM
MINORU...
HMPH
!
MINO... RU...
FFF
BRR
GNN
HAA...
le nombre de fois...
SQUISH
où j'ai imaginé que je te prenais...
HA !
BRR
HA !
Mais tu ne dois pas savoir...
FRR
HA
FRR
HMPH
Et je dois...
HMPH

cacher ces sentiments honteux.
Je ne peux pas...
MINORU...
JE SUIS DÉSOLÉ...
le trahir de la sorte.

HA
HA
HAA...
TOUT SALE
HA
HAA
IIM...
OH !
DOOOOOOM
J'ai fait ça sur son futon !
AAA AAH !
Sur son yukata !!
C'est pas possible, au secours !

PLAF
PLAF
PLAF
PLAF
AAAAAAAAAAH ! VITE ! VITE ! FAUT TOUT NETTOYER !
FLAP
OUIF !
OUIF !
RROUIF !
HÉ ! MAIS ! POURQUOI VOUS ÊTES RÉVEILLÉS ?!
!?
ARF
NOOOON !
ARF
ARF
JE SUIS OCCUPÉ, LÀ... RETOURNEZ DANS VOTRE...
ARF

... EUH.
MI... MINORU...
QU'EST-CE QUE J'AI RATÉ DANS TON ÉDUCATION ?

Depuis quand il est là... ? Est-ce qu'il m'a vu ?
JE...
PARDON...
JE... MINORU, VOUS... EUH...
PFF...
!
BRR
ビク

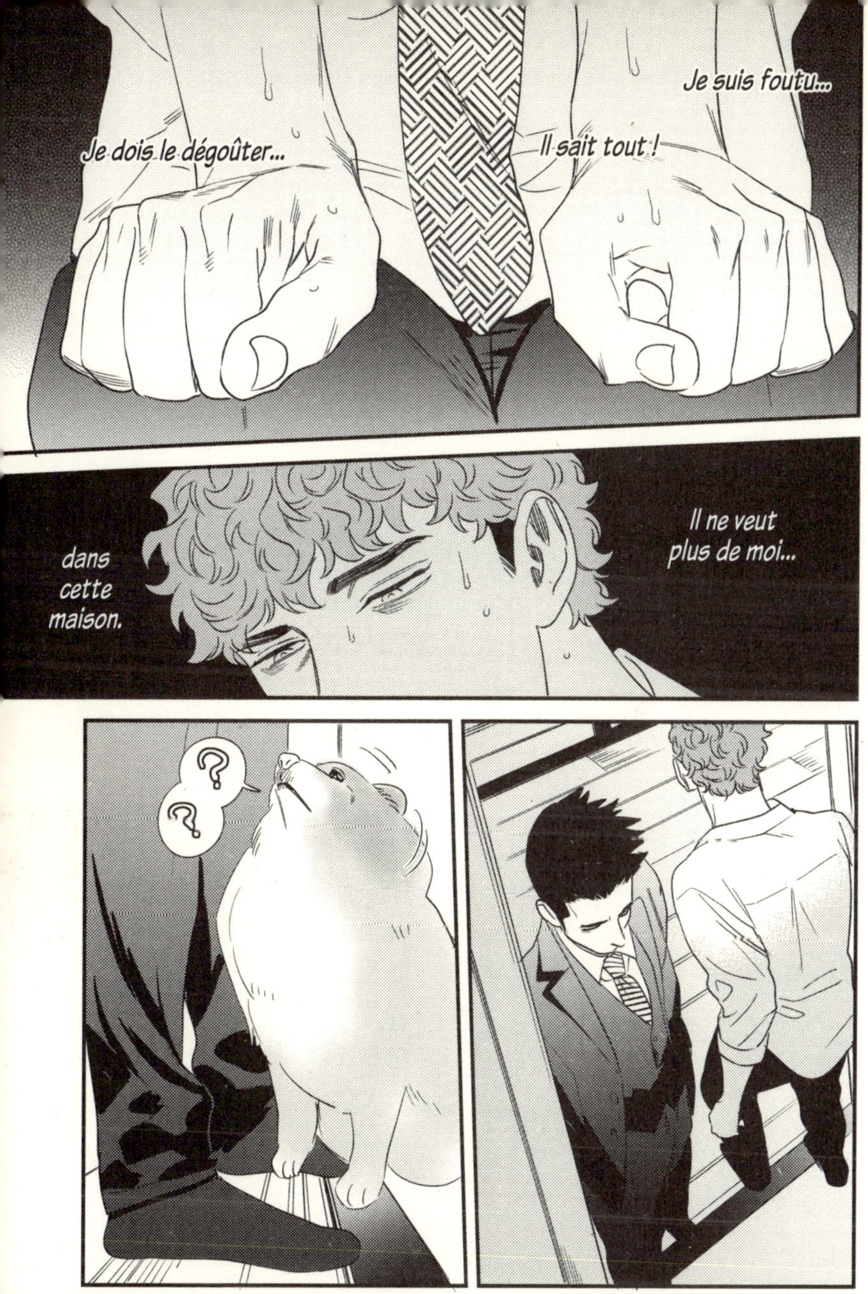
Je suis foutu...
Il sait tout !
Je dois le dégoûter...
Il ne veut plus de moi...
dans cette maison.
?
?

OUIF !
OUIF !
TAP
OUIF !
OUIF !
OUIF !
ARF...
ARF...
NE T'INQUIÈTE PAS, CE N'EST RIEN.

Je préfère que tu sois sage 2

Je l'ai toujours admiré.
C'est lui qui m'a sauvé.
Depuis ce jour-là...

On est poursuivis par des méchants.
C'est dangereux, donc il faut que tu restes ici.
Tu ne peux pas nous suivre.
Si les méchants viennent, tu te caches, d'accord ?
Ils m'ont laissé avec ces paroles, de la nourriture pour quelques jours...
un peu d'argent, puis ils ont disparu.
Même si j'étais petit, j'ai parfaitement compris qu'ils m'avaient abandonné.
Cinq jours après, les « méchants » sont arrivés.

Comment tu t'appelles ?
Fûtarô.
Depuis quand tes parents ne sont pas rentrés ?
.....
Tu as une idée d'où ils sont allés ? Une nouvelle adresse ?
NON
NON
.....
Où est-ce qu'il m'emmène ?
Ils vendent les gens comme moi, je crois ?
Tu sais ce qu'il va t'arriver, maintenant ?
.....
Vous allez me vendre...

PFFFT !
PFRFRFR...
Ah, tu crois ça, toi ?
Il avait l'air effrayant, mais...
FRR
FRR
Hm !
il avait une expression douce et une voix apaisante.
Sa main est immense !
À l'époque, je me suis dit qu'il n'était peut-être pas si méchant.

Et évidemment, on m'a jeté dans la fosse aux lions.
Je plaisante.
Fûtarô !
J'ai fait un court séjour dans un orphelinat, puis...
la famille Godai m'a adopté.

C'est ta maison, maintenant, Fûtarô.
WAAAH
C'est grand !
C'est lui ?
Ouais.
SE CACHE
Oh.

Manami, mon petit frère...
Il est tout frisé...
Godai Manami (17 ans)
Ruri, qui s'occupe de la maison.
Bonjour !
Ruri (59 ans)
Je... Je m'appelle...
Toi... Fûtarô.
Occupez-vous bien de lui, OK ?
OK.
Quel adorable petit ! Tu as quel âge ?
On dirait un caniche nain, avec sa bouille toute timide.

J'avais entendu les adultes parler entre eux, à l'orphelinat.
PSST
Il paraît que ses parents ont disparu et l'ont abandonné, criblé de dettes.
PSST
PSST
Visiblement, les gens qui l'adoptent sont les usuriers à qui ses parents devaient de l'argent...
PSST
Qu'est-ce qui va lui arriver ?
Je pensais que pour compenser la dette de mes parents...
Pauvre garçon...
je serais forcé de travailler pour ces gens tout le reste de ma vie.
Mais la famille Godai s'est montrée très accueillante.
Et j'ai eu une enfance heureuse et paisible.

Je... Je vais tout faire pour aider...
à la maison...
Même enfant, j'étais prêt à tout pour montrer ma reconnaissance.
OK. Je compte sur toi.
C'est pourquoi...
Il m'a sauvé la vie, par simple gentillesse, et je l'aime plus que tout au monde.

ces sentiments que j'éprouve...
constituent une trahison sans précédent.
J'avais tellement honte de cet amour et de ce désir...
que j'ai tout fait pour les cacher.
Mais il m'a surpris...
Qu'est-ce que j'ai raté dans ton éducation ?

PFFF...
DOOOOOOM
ズ〜ン
QU'EST-CE QUE JE VAIS FAIRE... ?!
TAP
TAP
TAP
パチ
HM ?
ÇA SENT BON...
PFUUU
スピー
PFUUU
スピー
FLOUF
ふわ
SNIF
すん

TAC
TAC
OH, T'ES RENTR...
TAC
TAC
CRAC
AH, EN FAIT, NON... ?
OUIF !
OUIF !
OH !
BONJOUR !
VOUS ALLEZ ATTRAPER FROID, SI VOUS NE DORMEZ PAS DANS VOTRE LIT, VOUS SAVEZ ?
VOUS PRENEZ UN PETIT-DÉJEUNER ?
...OUI.
AU FAIT, FÛTARÔ EST PARTI BIEN TÔT, CE MATIN, NON ?
.....

OH, ALORS IL A DÉCOUCHÉ ?
C'EST ÉTONNANT DE SA PART...
OUIF
OUIF
PAF
PAF
OUI, IL EST PARTI DEPUIS HIER SOIR...
QU'EST-CE QUE VOUS LUI AVEZ DIT ?
RIEN...
HAA
HAA
MINORU...
MINORU...
J'ai plutôt l'impression que c'est moi la victime, dans l'affaire... ?
C'EST DÉJÀ ARRIVÉ UNE FOIS, AVEC MANAMI !
PARCE QU'IL TENAIT À FAIRE...
LE MÊME TRAVAIL QUE SON PÈRE ET SON FRÈRE.
FUFU !
HUUUUM

C'EST VRAI...
Manami, 15 ans
Mais pourquoi...
Deviens fleuriste.
Parce que tu n'es pas fait pour ça. C'est tout.
Non !
STAP
JE M'EN FOUS ! J'IRAI VOIR LA MAFIA !
Manami !
MANAMI ET FÛTARÔ SE RES-SEMBLENT, POUR CELA.
ON DIT SOUVENT QUE LES ENFANTS NE COMPRENNENT PAS LES INTENTIONS DE LEURS PARENTS...
SLUP
SLUP
EN EFFET.
NOUS TRAVAILLONS DANS UN MILIEU OÙ LES INFOR-MATIONS ET LES SOMMES D'ARGENT QUI CIRCULENT...
SONT PARTICU-LIÈREMENT DANGE-REUSES.
IL ME SEMBLE NORMAL DE NE PAS SOUHAITER QUE SES PROCHES SOIENT MÊLÉS À ÇA.
Il est tellement maladroit... S'il s'exprimait plus sincère-ment, on n'en serait jamais arrivés là !
FUFU
C'EST VRAI.

MAIS... JE ME DEMANDE OÙ IL A PU ALLER...
JE SUIS INQUIÈTE...
OUIF ! OUIF !
CE N'EST PLUS UN ENFANT. IL SAURA SE DÉBROUILLER.
ARF ARF
ET PUIS...
JE PENSE SAVOIR OÙ EST SON POINT DE CHUTE.

HOAAAAA
PFFF
T'AS PAS PU DORMIR ?
HM... BEN...
OUAIS, JE COMPATIS !!
ÉVIDEMMENT, QU'IL A PAS DORMI !
HUHUM
ARRÊTE DE CRIER, TETSU !
SLAP
HM
SLAP
AH !
AAH !
OOO OH !
OH !
CRR
AH !
HAA AN...
CRK
SLAP
CRR
NONNNNN
JE VEUX PLUS JAMAIS PASSER LA NUIT ICI.
OH, EUH. J'AI PAS EU CE PROBLÈME LÀ...
NON, MAIS OH ! JE FAIS ENCORE CE QUE JE VEUX CHEZ MOI, MERDE !!

N'EMPÊCHE, QUE CE SOIT AU POINT OÙ TU T'ES ENFUI DE LA MAISON...
生乳100%
DÉSOLÉ... JE NE VOULAIS PAS M'IMPOSER COMME ÇA...
TU T'ES DISPUTÉ AVEC MINORU ?
J'AURAIS PRÉFÉRÉ, MAIS...
ATTENDS, Y A PIRE QUE DE SE DISPUTER AVEC MINORU ?!
IL EST DÉJÀ TROP FLIPPANT QUAND IL EST CALME !
BEN... C'EST COMPLIQUÉ...
JE SUIS SORTI SANS TROP RÉFLÉCHIR...
VOUS VOULEZ BIEN NE RIEN LUI DIRE ?
YEP !
Il doit déjà se douter, mais bon...

ALLEZ...
JE CROIS QUE J'AI RIEN D'AUTRE...
« Tu peux rester au premier étage, si tu veux. »
« Il faudra que tu prennes tes affaires avec toi. »
En échange, tu peux nous aider à la boutique.
FRP
MERCI, MANAMI...
OH, JE VAIS ME SENTIR SEUL... JE VAIS EMMENER...
CETTE PELUCHE QUE MINORU M'A OFFERTE QUAND J'ÉTAIS PETIT...
HEUREUSEMENT QU'IL N'EST PAS LÀ...
HM ?

Cher Fûtarô,
Ne t'inquiète pas pour les toutous ni pour les corvées à la maison.
Tu peux revenir quand tu le voudras.
Ruri
Ru...
Ruriiiii ! Elle est trop gentille !
SNIF
じーん
Et comment elle a deviné que je passerais ?!
Est-ce que j'ai seulement...
le droit de revenir ?
Minoru...
n'a rien dit, lui...

FLOWERSHOP GODAI
カラン CLAC
カラン CLAC
JE SUIS RENTRÉ !
OH, SALUT !
FLEUUUURS
フラワー
ON N'A PAS TROP DE TRAVAIL AUJOURD'HUI.
TU PEUX TE REPOSER.
Manami a arrêté son travail d'usurier...
et il est devenu fleuriste.
C'EST TOUJOURS AUSSI DÉROUTANT...
...
OK, MERCI !
Je t'en prie !
BONJOUR !
CLAC
CLAC
OH ! MAKOTO !

C'EST...
LE PETIT AMI DE MANAMI, JE CROIS... ?
Manami est homosexuel...
et Minoru est parfaitement au courant.
Dès que Tetsu revient, je prends une pause, OK ?
OK, je vais aider un peu en attendant !
ESPIONNAGE DES PROCHES POUR VALIDER LEUR RELATION AVEC MANAMI. TOUTES LES MENACES DOIVENT ÊTRE... ÉLIMINÉES.
Il a toujours surveillé de près les gens qui sortaient avec son frère...
mais il n'a jamais eu l'air de rejeter son attirance pour les hommes.
Mais Manami est son petit frère...
Moi... rien ne dit qu'il pourrait accepter ce que j'éprouve pour lui.

POF
PFF... J'AIMERAIS BIEN ÊTRE COMME ÇA...
AVEC MINORU, MOI AUSSI...
ÇA FAIT DÉJÀ CINQ JOURS QUE JE SUIS PARTI...
IL EST PAS VENU ME CHERCHER...
IL RISQUE PAS...
Je n'ai pas eu de ses nouvelles.
Mais ça aussi, c'est trop demander.
POUF
SNIF
SNIF
HM...
PCHIT
Oh, c'est vrai ! J'ai vaporisé le parfum de Minoru dessus !
Désolé, juste un peu !
OH !
PFF, CINQ JOURS ET JE SUIS DÉJÀ EN MANQUE...
MINORU...

CRR
FRR
FRR
HA
HA...
HA...
JE SUIS RENTRÉÉÉ !
OH !
OH, TETSU, SA...
LUT...
SALUT.
FÛTARÔ EST À L'ÉTAGE, JE SUPPOSE ?
Il le savait !!
EUH, OUI !
JE ME SUIS FAIT CHOPER...
Bon courage, Fûtarô...
TAP
TAP

SQUISH
HAA...
HAA...
HAA
HAA
MINORU...
SQUISH
SQUISH
SQUISH
BRR
BRR
FÛTARÔ.
HMMM...
J'ENTRE.
CLAC
EUH.
MI...
GLOUPSSS
MINOR...
BRR

J'ESPÈRE QUE TU NE FAIS PAS ÇA AVEC LES CHIENS DE LA MAISON...
AVEC LES...
!?
BIEN SÛR QUE NON !!
JE PENSAIS QUE TU IRAIS PLUS MAL QUE ÇA.
JE VOIS QUE JE ME SUIS TROMPÉ.
H...
ATTENDEZ... !
SERRE
ATTENDEZ, MINORU...

VOUS...
VOUS INQUIÉTIEZ POUR MOI ?
.....
MINORU...
JE...
GNNN
JE VEUX RESTER AVEC VOUS.
TRAVAILLER POUR VOUS...
SERRE
PFF...
FÛ...

JE VOUS AIME, MINORU...
HM !
MINORU...
SERRE
HA...
HA !
HM...
HMPH
MINORU...
HA
すり
FFR
HÉ...
JE VOUS AIME TELLEMENT...

FRR
FRR
!
BRR
HAA
MINORU...
FRR
HAA
DOUCE... MENT...
HA
SLURP
HAA
HA !
J'AI ENVIE DE VOUS...
HAA
HAA
BRRR
HM...

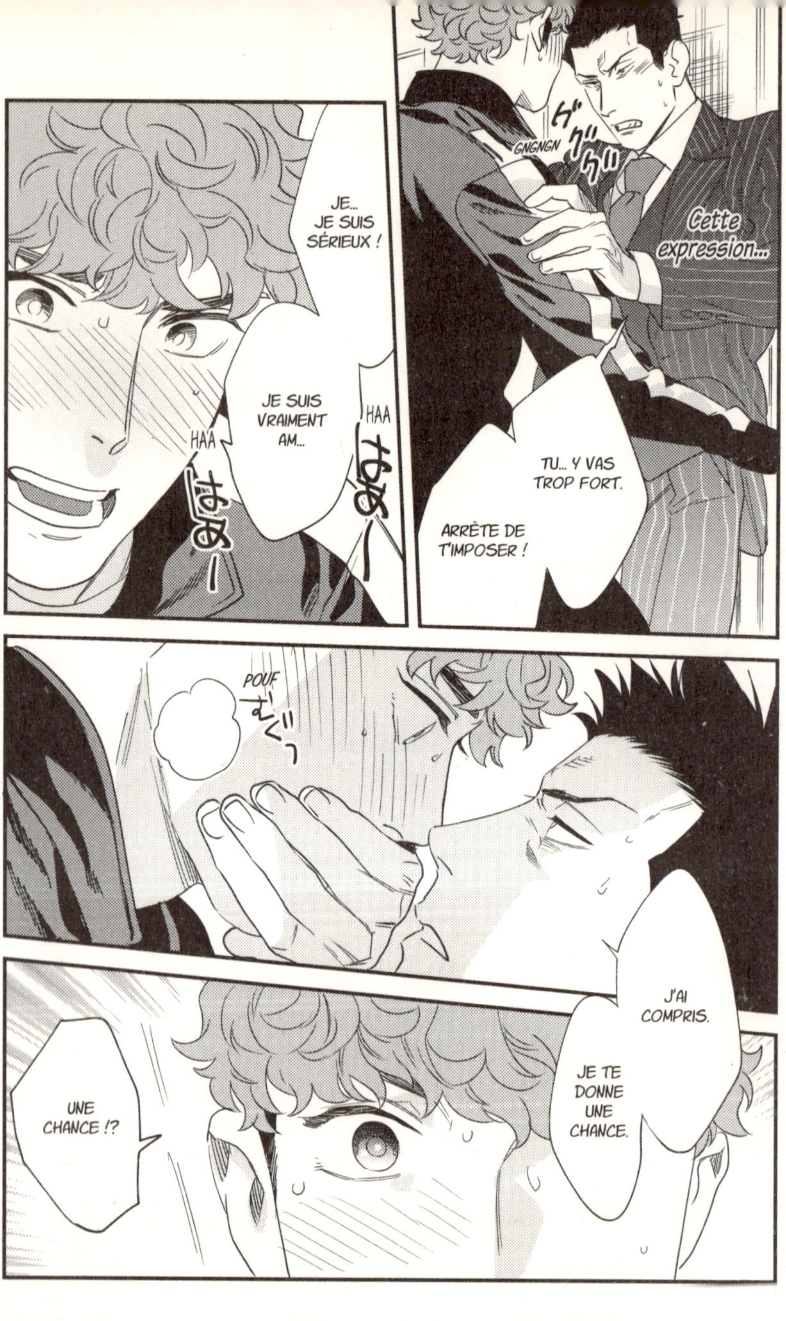
GNGNGN
Cette expression...
TU... Y VAS TROP FORT.
ARRÊTE DE T'IMPOSER !
JE... JE SUIS SÉRIEUX !
HAA
JE SUIS VRAIMENT AM...
HAA
POUF
J'AI COMPRIS.
JE TE DONNE UNE CHANCE.
UNE CHANCE !?

J'OUVRE UN NOUVEAU CLUB D'HÔTES.
SI TU ARRIVES À FAIRE LE TOP DES VENTES NE SERAIT-CE QU'UNE SOIRÉE...
JE TE LAISSERAI FAIRE CE QUE TU VEUX.
WAAAAAH
P... POUR DE VRAI ?! SI J'Y ARRIVE NE SERAIT-CE QU'UNE FOIS... VOUS VOUDREZ BIEN QUE JE RESTE AVEC VOUS ?!
ET AUSSI... ET AUSSI...
OUAIS.
DU CALME...
Même si ça me paraît impossible...
FFF
MINORU... !

JE… JE VAIS LE FAIRE ! PROMIS, J'Y ARRIVERAI !
GNN
BAH. BON COURAGE.
J'ai peut-être parlé trop vite…
Je pensais que c'était lui qui était trop naïf, d'où ma proposition, mais…
.....
TSS
C'EST MOI QUI RÉAGIS COMME ÇA…
H…
EST-CE QUE FÛTARÔ VA SURVIVRE ?

OPEN
L'OUVERTURE EST POUR DEMAIN, ENFIN !
LA PREMIÈRE IMPRESSION DÉTERMINERA LE SUCCÈS DE L'ÉTABLIS-SEMENT.
POUR LES PLUS EXPÉRIMENTÉS, NE BAISSEZ PAS VOTRE GARDE.
OUI !
NE SOUS-ESTIMEZ PAS NOS CLIENTS, MAIS NE LES LAISSEZ PAS VOUS SOUS-ESTIMER.
ASSUREZ-VOUS DE CORRES-PONDRE À LEUR STYLE PRÉFÉRÉ.
EUH...
EUH...
OUI !
QUE...
BRR
ぞわっ
BRR
ぞわっ
QU'EST-CE QUE JE FAIS, MOI... ?!

Je détonne totalement...
au milieu de ces types... !!
TOUT FRISÉ
TREMBLANT
EMBARRASSÉ
きらびやか～
BLIIIING
Je sais que je ne suis pas fait pour ce métier...
Et Minoru le sait sûrement aussi bien que moi. D'où cette proposition...
Il est certain que je n'y arriverai pas.
MAIS...

Si tu arrives à faire le top des ventes ne serait-ce qu'une soirée...
je te laisserai faire ce que tu veux.
Il m'a quand même laissé cette ouverture !
CE SERA TOUT.
DES QUESTIONS ?
GNN
BIEN, DANS CE CAS...
Il faut que je donne tout ce que j'ai !

MINORU !
MINORU !
.....
HMPH
PARFAIT. LE BRIEFING EST TERMINÉ.
IL VIENT DE M'IGNORER SCIEMMENT !!
MAIS !
NON !
HAAAN
COMMENCEZ LES PRÉPARATIFS.
OUI !
ASSUREZ-VOUS QUE TOUS NOS CLIENTS SONT INVITÉS.
OUI !
OÙ EST LE MANAGER ?
OH.
C'EST MOI.

CONCERNANT TOI...
AH, LE GRAND BALÈZE QUE VOUS NOUS AVEZ AMENÉ ?
SNIIIF
SURVEIL-LEZ-LE DE PRÈS.
ET NE LE LAISSEZ PAS AVEC LES CLIENTS PROBLÉMA-TIQUES.
Comment ça « Surveillez » ?!
OK.
ET FAITES UNE VÉRIFICATION SUR NOTRE BLACKLIST.
CERTAINES PERSONNES MAL INTENTIONNÉES POURRAIENT PROFITER DE L'OUVERTURE POUR RÉAPPA-RAÎTRE...
OH, J'AI ENTENDU PARLER D'UNE DÉVOREUSE D'HÔTES, PAR EXEMPLE ?
OUI. UN DE NOS ÉTABLIS-SEMENTS A DÉJÀ ÉTÉ CONFRONTÉ AU PRO-BLÈME, IL Y A QUELQUES ANNÉES...
MAIS... ELLE N'EST PLUS DANS LE CIRCUIT. J'AI ENTENDU DIRE QU'ELLE ÉTAIT POURSUI-VIE PAR DES YAKUZA...
CE N'EST QU'UNE RUMEUR, ET ON NE PERD RIEN À ÊTRE PRUDENTS.
Je ferais mieux de cacher notre relation et de prendre mes distances...
SNIFF
JE SORS. PRENEZ LA SUITE.
OUI !
TAP

SI TU N'AS RIEN À FAIRE, VA BALAYER DEVANT L'ENTRÉE DE LA BOÎTE !
WAAH
Il m'a ignoré !!
WAAH
AAAAAAAAAAAAAAAAAAAAAAAH
SPOUF
SPOUF
BAH, IL FALLAIT S'Y ATTENDRE...
FRR
FRR
BRR
HAA
HAA
J'ai fait et dit des choses qui dépassaient les limites...
HAA
HAA
DOOOOM
COM-MENT...
JE VAIS...
J'étais tellement content qu'il me donne ma chance que j'avais oublié ça !!
Je suis impardon-nable... !!
AAAA AAÀAA AAAH
AAAAA AAAA AAAH
Allez, on se bouge !

BAH ALORS, T'ES PAS HEUREUX D'ÊTRE LÀ ?
WAAH !
GNNN
MANAMI !
SALUT !
Vous m'avez fait peur !
QU'EST-CE QUE VOUS FAITES ICI ?
JE LIVRAIS DES FLEURS DANS LE COIN.
JE ME SUIS DIT QUE C'ÉTAIT L'OCCASION DE PASSER VOUS VOIR.
TIENS, JE T'EN DONNE UNE.
OOOH, ELLES SONT TROP JOLIES !
C'EST IMPOR-TANT, DE PARTA-GER !
AH, AU FAIT, MERCI DE ME LAISSER EMPRUNTER L'ÉTAGE DE LA BOUTIQUE... ENCORE...
T'INQUIÈTE PAS, ÇA DÉRANGE PERSONNE.

EN PLUS DE L'UNIVERSITÉ, T'AS UN JOB, MAINTENANT...
ET LA MAISON EST TROP LOIN...
MERCI ENCORE, VRAIMENT...
PAR CONTRE, JE SAIS PAS CE QU'IL SE PASSE DANS LA TÊTE DE MINORU... TE METTRE AU DÉFI DE DEVENIR LE MEILLEUR HÔTE DE SON CLUB...
C'EST DUR DE SA PART, QUAND MÊME...
T'AS PAS LA MOINDRE FORMATION...
C'EST DUR, MAIS JE COMPRENDS POURQUOI.
C'EST MA FAUTE, SI JE M'ENTÊTE À VOULOIR RESTER AVEC LUI... IL FAUT BIEN QU'IL ESSAIE DE ME MONTRER QUE J'AI TORT.

MOI, JE NE COMPTE PAS ABANDONNER.
IL M'A LAISSÉ MA CHANCE. JE DOIS LA SAISIR.
IL FAUT ALLER DE L'AVANT, ET TOUT DONNER, DANS CES CAS-LÀ !
ET PUIS, ON NE SAIT JAMAIS, PEUT-ÊTRE QUE J'Y ARRIVERAI !
HEIN ?
NON ?
Tant d'enthousiasme ! C'est presque émouvant...
TU VEUX QU'ON PASSE DE TEMPS EN TEMPS DÉGUISÉS EN CLIENTES ? ÇA POURRAIT AIDER...
COMMENT ÇA, « ON » ?! J'AI PAS SIGNÉ POUR ÇA, MOI ! JE REFUSE !
AHAHA !
C'est trop pas juste !!
TAC
TEL 0120-801801
TAC
SI MINORU L'APPREND...
TAC
MINORU...

JE SUIS CONTENT DES VÊTEMENTS QUE JE T'AI CHOISIS ! ÇA TE VA BIEN !
Ah bon ?
HÉHÉHÉ... MERCI... ?!
Peut-être que tu vas vraiment atteindre le top !
ALLEZ, BON COURAGE !
MERCI !
......
HMFU...

BOUM
BOUM
KYA HA HA !
OH, NOOON ! ♥
BOUM
YAAAYYY !
BOUM
TCH
FÛTA-CHÉRI, TU ES VRAIMENT A-DO-RABLE !
SUE À GROSSES GOUTTES
TCH
M... MERCI...
FRR
FRR
ET TES CHEVEUX SONT TOUT DOUX ET FRISÉS !
TU ES TRÈS BIEN BÂTI, MAIS TU RESSEMBLES À UN PETIT CHIEN ABANDONNÉ... TU ES GÊNÉ ?
Je... Je suis terrifié !!
EUH...
EUH...
BRR
BRR
FRR
FRR
JE ME DEMANDE COMMENT C'EST, DE CE CÔTÉ...
HO HO HO HO
HII !
BRR
MADAME, JE...
JE SUIS NAVRÉ, CE N'EST PAS INCLUS DANS LE SERVICE...
BRR
DE QUOI ?! C'EST BON, JUSTE UN PEU... !

MANAGER... LA CLIENTE DE LA TABLE 4...
LA 4 ?
TAC
OH, C'EST LA PREMIÈRE FOIS...
J'ARRIVE.
TAC
TAC
BONSOIR...
OUI !
OH, BIENVENUE AU « PLAISIR » !
JE VOUDRAIS RÉSERVER UN DE VOS HÔTES.

VOUS ÊTES BIEN CENSÉS ÊTRE À LA DISPOSITION DU CLIENT, NON ?!
EN PANIQUE
EN PANIQUE
EH BIEN, JUSTEMENT, NOUS NE VOULONS PAS GÊNER LES AUTRES CLIENTES...
ET EN QUOI ÇA LES GÊNERAIT, JE VOUS PRIE ?! JE SUIS UNE CLIENTE, MOI AUSSI !
SALUE
EXCUSEZ-MOI... FÛTARÔ A REÇU UNE DEMANDE SPÉCIALE.
JE SUIS NAVRÉ MAIS JE DOIS VOUS L'EMPRUNTER...
AH ?
VOUS POUVEZ CHOISIR UN AUTRE HÔTE SI VOUS LE SOUHAITEZ.
Attendez un peu !!
Madame, vous ne...
TIENS. ESSUIE-TOI LE VISAGE.
HM ? J'AI VRAIMENT EU UNE DEMANDE ?
C'ÉTAIENT PAS DEUX MAFIEUX DÉGUISÉS EN NANAS ?
Ils auraient...
ON POURRAIT SE DÉGUISER, ET...
DE QUOI TU PARLES ?
C'EST UNE BOMBE, ET ELLE A L'AIR PLEINE AUX AS. SI TU TE DÉBROUILLES BIEN, ON VA PEUT-ÊTRE POUVOIR LA FIDÉLISER...
Bon courage !
OH...

EXCUSEZ-NOUS POUR L'ATTENTE !
WAOUH...
FU FU
ニコ
Elle est super belle !
JE M'AP-PELLE FÛTARÔ... ! MERCI BEAUCOUP DE M'AVOIR DEMANDÉ !
FUFU... VOUS AVEZ L'AIR PLEIN D'ENTRAIN, ET PARTICULIÈRE-MENT CHOU.
JE PEUX VOUS TUTOYER ?
EUH, OUI !

* Détective privé

TROUVEZ-LA, ET VÉRIFIEZ SES RÉCENTES ACTIVITÉS.
VOUS CHERCHEZ ENCORE À CONFIRMER LES ANTÉCÉDENTS DU COPAIN DE VOTRE PETIT FRÈRE ?
CRII
VOUS ÊTES TROP PROTECTEUR, VOUS SAVEZ ? VOYONS ÇA...
FFF
UNE FEMME ? ET SUPERBE, AVEC ÇA...
TAKASHIMA AKIRA... VOUS LA SUSPECTEZ DE QUELQUE CHOSE ?
PLUS OU MOINS.
FAITES VITE, D'ACCORD ?
JE VEUX UN RAPPORT DÈS QUE VOUS AVEZ LES INFOS.
OK !
C'EST UNE CRIMINELLE ? HM ?
C'est sexy, en un sens...
MAIS...

Ça fait deux semaines qu'on a ouvert...
Plais
Je vais en cours la journée et je suis hôte la nuit...
Et donc, il se trouve que...
EUH...
Deux fonctions cumulées...
ALLEZ, SANTÉ !
Même si c'est difficile de boire et d'être au service permanent des clientes, je commence à m'habituer.
Et puis...
Mei est particulièrement gentille et amicale. Bizarrement, c'est toujours moi qu'elle demande à voir.
OH, MAIS TU PORTES DE L'EAU DE COLOGNE ! ÇA SENT BON !
AH, TU AS SENTI ?
C'EST UN CADEAU ?
Rien qu'avec les demandes de Mei, je suis troisième !

OH, NON, NON !
C'EST MOI QUI L'AI ACHETÉE.
VRAIMENT ?
OUI, OUI !
EN FAIT... C'EST LE PARFUM D'UNE PERSONNE QUE J'ADMIRE BEAUCOUP.
QUAND J'EN METS, JE ME SENS PLUS FORT.
HUUM... UNE PERSONNE QUE TU ADMIRES ? EN QUOI ?
MINOR... EUH...
C'EST LE PROPRIÉTAIRE DE CE CLUB.

IL EST TRÈS OCCUPÉ, ALORS ON PASSE PEU DE TEMPS ENSEMBLE.
La dernière fois que je l'ai croisé, c'était à l'ouverture du club...
Je vis chez Manami, maintenant, alors je ne le vois même plus à la maison.
J'aurais cru qu'on pourrait être ensemble au travail, mais...
TU L'AIMES ÉNORMÉMENT, CETTE PERSONNE, ON DIRAIT...
EUH
EUH
AIM... JE... NON... AHEM...
JE SUIS JALOUSE...
TU VEUX BIEN ME PARLER UN PEU PLUS DE TOI ?
EUH, OUI, BIEN SÛR !

PFF... J'AI ENCORE TROP BU, J'EN PEUX PLUS...
BLA
VA VOMIR AILLEURS !
CETTE CLIENTE, ELLE EST INFERNALE...
ENFIN...
BLA
MANAGER.
OUI ?
DEMAIN, J'ARRIVERAI AVEC UNE CLIENTE, DONC JE SERAI EN RETARD.
DAH
PARDON ?!!
AVEC CETTE BOMBASSE, LÀ, MEI ?!
OUI !
PUTAIN ! C'EST QUOI, CE NOUVEAU KINK SUR LES PETITS INNOCENTS, LÀ ?!
JE DEVRAIS PEUT-ÊTRE JOUER CETTE CARTE-LÀ, DANS CE CAS...
LAISSE TOMBER, T'ES PAS CAP !
WAAH
WAAH
WAAH
WAAH
AU FAIT, FÛTARÔ... ON M'A DIT QUE...

AVANT, TU VIVAIS AVEC LE PATRON ?
QUOI ?! SÉRIEUX ?
OH, OUI.
ALORS, EST-CE QUE C'EST AUSSI VRAI QU'IL TE FORCE À TRAVAILLER CAR TU LUI DOIS DE L'ARGENT ?
EST-CE QUE C'EST VRAI QU'IL RETIENT TOUTE TA PAIE ?!
EUH…
AWOUUUUUUUH
IL PARAÎT QU'IL A UNE MEUTE DE CHIENS ENRAGÉS…
ET SI TU FAIS DU MAL À SON PETIT FRÈRE, IL TE FAIT DISPARAÎTRE DE LA SURFACE DE LA TERRE !!
GROOOOH
IL A DES CHIENS, OUI, MAIS…
EUH, EN QUELQUE SORTE… COMMENT DIRE… ?
IL EST TERRIFIANT, LE PATRON !!!

IL M'A DEMANDÉ DE TE SURVEILLER, EN FAIT.
AH ?
MINCE... JE CROYAIS QUE T'ÉTAIS DU GENRE À PÉTER UN CÂBLE POUR UN RIEN, MAIS SI TU LUI DOIS DE L'ARGENT, JE COMPRENDS MIEUX !
On peut pas fuir ses créanciers...
OH...
Mon pauvre... !
BLA
BLA
COMME IL A L'AIR SÉVÈRE, TOUT LE MONDE LE PREND POUR UNE SORTE DE MAGNAT DU CRIME, MAIS...
Ça doit être sa façon de s'inquiéter pour moi...
Personne ne connaît le vrai visage de Minoru, ici.
Sauf moi !
J'ai l'exclusivité totale...
quand il s'agit de ça !

Je sais...
FFR
Réunion parents-professeurs
Chers
Oh.
cadre des vœux d'orientation
anné
15 ANS
Il faut que je donne ça à Minoru...
Il recevait quelqu'un, mais à cette heure, elle a dû partir...
HUM ?
Il doit être dans sa chambre.
Oh... ? C'est éteint, déjà ?
FFF
Minoru... ?
AH

HAA
AH!
CRR
H...
BRR
Aah
Ha !
H...
Merde ...
HMPH...
Je n'avais jamais vu Minoru, toujours si composé, dans un tel état.
Quels jolis gémissements...
Arr...
ête...
Ah
Chevauché par cette femme, il avait une voix si délicate...
HA
HU...
C'était la première et la dernière fois que je le voyais comme ça...
HA
HU !
DOM DOM
AH
DOM
DOM
et le désir que cette vision a déclenché n'a jamais disparu.

DOM
DOM
Je veux revoir cette expression sur son visage.
Si j'arrive à être premier, est-ce que je pourrai...
MESSIEURS, ALLONS !
GLOUPS
BONSOIR, MONSIEUR !
BONSOIR, PATRON !
SI VOUS AVEZ FINI, DÉPÊCHEZ-VOUS DE SORTIR.
OUI !!
TAP
TAP
CLAC
Bonne soirée !
'soirée !!

SALUT.
MINORU...
DOOOOM
ÇA NE TE VA VRAIMENT PAS.
Ces vêtements...
MAIIIS...
C'EST MANAMI QUI TE LES AS CHOISIS, HEIN ?
EUH... OUI.
Pourtant, lui trouvait que ça rendait bien...
PFF
ÇA FAIT PLUS NATUREL AVEC LE TABLIER DE LA MAISON.

TAP
TAP
AU FAIT, J'AI ENTENDU DIRE QUE TU ÉTAIS DANS LE TOP TROIS ?
CETTE CLIENTE T'A SAUVÉ LA MISE...
FLAP
POUR ÊTRE HONNÊTE, JE NE PENSAIS PAS QUE TU ARRIVERAIS À QUOI QUE CE SOIT. MAIS TU M'ÉTONNERAS TOUJOURS...
SERRE
!
JE PENSAIS VOUS VOIR TOUS LES JOURS AU CLUB, MINORU, MAIS ON NE SE CROISE JAMAIS...
ET IL Y A DES CLIENTES QUI M'EM-BRASSENT ET ME TRIPOTENT TOUT LE TEMPS...
BOUUUUH
C'EST TROP FLIP-PANT !
J'AI D'AUTRES CLUBS À SUPERVISER, JE NE PEUX PAS PASSER MON TEMPS ICI...

SI ÇA TE DÉPLAÎT AUTANT, TU DEVRAIS ARRÊTER. JE NE T'EN VOUDRAI PAS.
NON ! JE VEUX PAS !
JE SUIS DANS LE TOP 3.
JE VEUX ALLER AU BOUT...
FRR
FÉLICITATIONS...
SI J'AI BIEN TRAVAILLÉ, JE PEUX AVOIR UNE RÉCOMPENSE ?
PARDON !?
BLING
BLING
.....

PFF... BON, D'ACCORD.
!
HM ?
QUEL GENRE DE RÉCOM-PENSE...
TU VOUDRAIS...
HMPH...
BEN, EUH, ALORS...
GNN
DE L'EAU DE COL...
HMPH
SMACK
HM...
H...
CLAC
MINORU...
HAA
MI...
NORU...

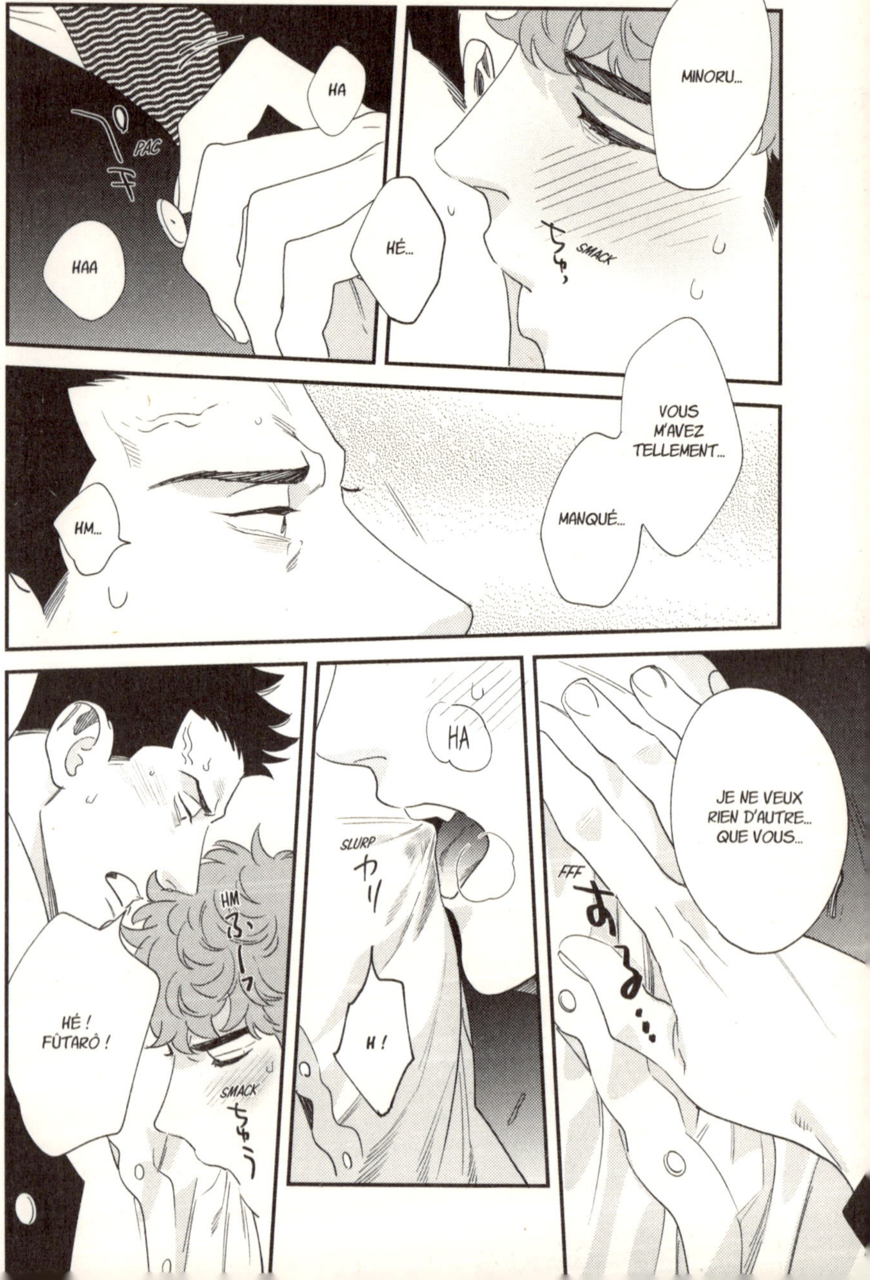
MINORU...
HÉ...
SMACK
HA
PAC
HAA
VOUS M'AVEZ TELLEMENT...
MANQUÉ...
HM...
JE NE VEUX RIEN D'AUTRE... QUE VOUS...
FFF
HA
SLURP
H !
HM
HÉ ! FÛTARÔ !
SMACK

CLAC
HA
DÉ...
SOLÉ...
HA
HA
JUSTE UN PEU...
HM...
CLAC
H...
Merde... Il est incapable de se tenir, qui l'a éduqué comme...
MINO...
RU...
HAA
Ouais, bon, c'est moi... !
SLURP
FRRR
HOUMPH
C'EST ÇA, TON « UN PEU » ? SAGE, ON A DIT !
TAC
BRR

TU N'ES PAS ENCORE PREMIER, QUE JE SACHE ! LE RESTE ATTENDRA CE MOMENT-LÀ !
HA
OH...
WOOOOOOOOOOOOOOO
OOOOOOOOOOH !
OUI !
Ne crie pas comme ça !

Minoru.
Minoru !
Minoru...

FÛ...
MINO...
RU...
H... !
HA
はっ

CROAA
CROAA
CROAA
カァ
CROAA
カァ
PFF...
TCHAC
TCHAC
TCHAC
VOUS DORMIEZ PROFONDÉMENT...
......
EST-CE QUE VOUS EN ÊTES ARRIVÉ À UN ÂGE...
OÙ VOUS ÊTES INCAPABLE DE VOUS LEVER SI PERSONNE NE VOUS RÉVEILLE ?
C'est déjà le soir, vous savez ?
JE NE TRAVAILLE PAS, POUR UNE FOIS. IL FAUT BIEN QUE J'EN PROFITE...
FU FU
VOUS VOULEZ BIEN GOÛTER ?
Je plaisante !

C'EST SI CALME, QUAND FÛTARÔ N'EST PAS LÀ...
JE ME SENS UN PEU SEULE, POUR TOUT DIRE.
SLUURP
Délicieux...
MANAMI EST TROP OCCUPÉ AVEC SA BOUTIQUE...
ALORS, ON NE LE VOIT PLUS BEAUCOUP.
JE COMPRENDS VOTRE POSITION, MAIS...
IL SERAIT PLUS SAIN D'ACCEPTER FÛTARÔ POUR CE QU'IL EST, NON ?
CE N'EST PAS COMME SI JE L'AVAIS REJETÉ...
ARF !
OUIF !
FLOUF
FLOUF

ET PUIS, PERSONNE NE S'OCCUPE MIEUX DES TOUTOUS...
QUE NOTRE FÛTARÔ.
FLOUF
FLOUF
ILS N'ONT PAS L'AIR D'APPRÉCIER LES ÉTRAN-GERS...
.....
GRATTE
NON ?
OUIF !
OUIF !
JE VAIS LES PROMENER.
À CETTE HEURE ?
PFF
DANS CE CAS...
N'OUBLIEZ PAS DE RÉCHAUFFER VOTRE REPAS AVANT DE LE MANGER, EN RENTRANT.
OUIF !
OUIF !
TATATATATATAP
D'ACCORD. MERCI.

HA
HA
HA
HA
Ce n'est pas que je ne l'accepte pas...
J'aimerais vraiment qu'il fasse ce qu'il souhaite, mais...
Le fait que des gens comme nous, qui travaillons dans l'illégalité...
ayons éduqué un enfant innocent comme Fûtarô...
ne doit pas l'influencer.
FRSH
FRSH
Surtout quand c'est ce monde qui a fait de lui un orphelin.
MAIS EST-CE QUE J'AI LE DROIT DE JUGER...
ALORS QUE C'EST MOI QUI AI DÉCIDÉ DE L'ADOPTER ?

C'est tout de même un monde brutal où les gens sont prêts à tout pour de l'argent.
J'aurais cru qu'il renoncerait en découvrant tout ça.
Promis, j'y arriverai !
Ce genre d'univers n'est pas fait pour lui...
Mais ça a eu l'effet inverse...
JE L'AI SOUS-ESTIMÉ...
OUIF !

HM ?
EH, OH... ARRÊTEZ DE CHIER TOUS EN MÊME TEMPS...
BRR
BRR
BRR
BRR
BRR
ARF !
ARF !
TSS...
ARF !
DOUCEMENT ! LES LAISSES VONT S'EMMÊLER !
BRRR BRRR
TULULULULU
BIP
Ah.
M. Godai ?
OUIF !
OUIF !
OUI ?
J'ai les infos que vous vouliez.
OUIF !

TAKASHIMA AKIRA, 38 ANS.
ELLE A DISPARU APRÈS AVOIR ROULÉ LE CLAN CHIKURIN. ÇA FAIT DEUX OU TROIS ANS QUE PERSONNE L'A VUE...
Jusqu'à il y a peu.
Elle se ferait appeler Mei.
Elle se promène de club en club pour s'amuser avec les hôtes, visiblement…
MEI... D'ACCORD. PRÉVENEZ-MOI SI VOUS AVEZ AUTRE CHOSE.
OK.
AU FAIT, JE VOULAIS VOUS DEM...
BIP
AH.
BRRR
BRRR
TAP
TAP
J'ARRIVE !
CLIC
RÉCEPTION DU « PLAISIR », BONSOIR !
ICI LE MANAGER...
Ici Godai.

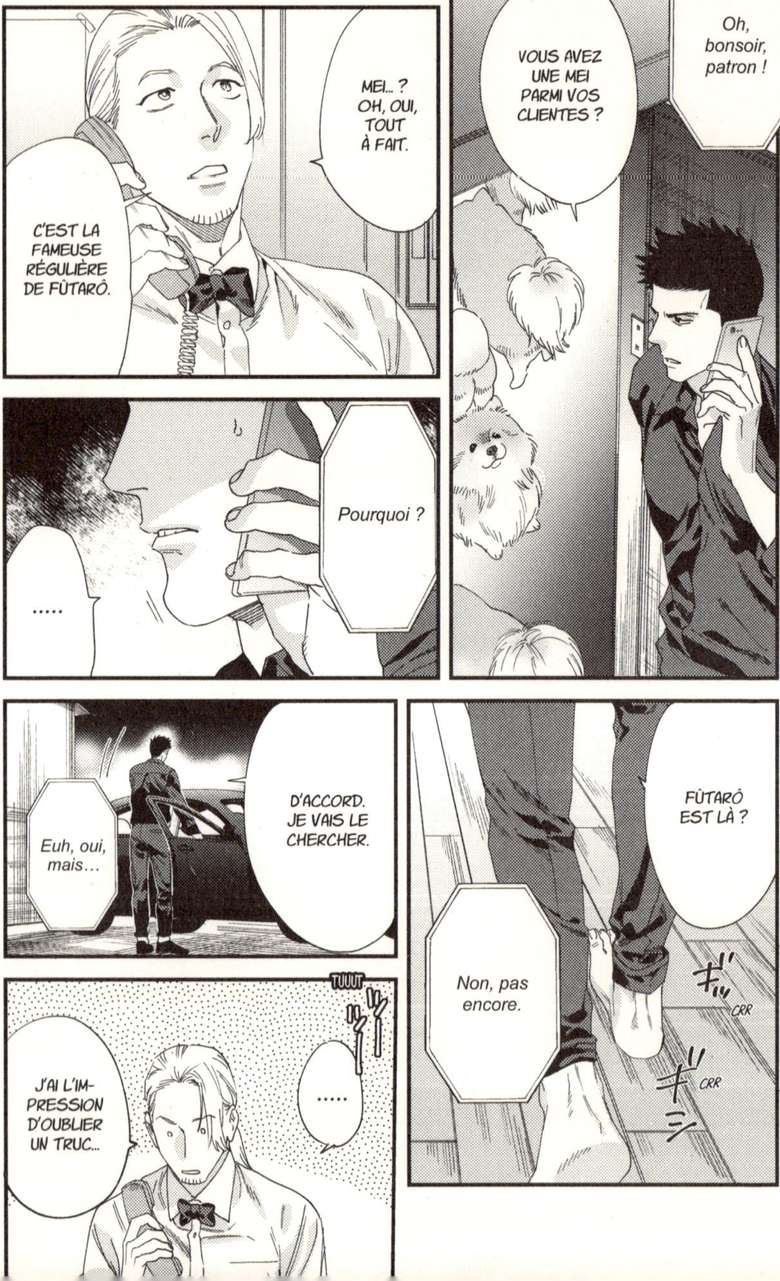
Oh, bonsoir, patron !
VOUS AVEZ UNE MEI PARMI VOS CLIENTES ?
MEI... ? OH, OUI, TOUT À FAIT.
C'EST LA FAMEUSE RÉGULIÈRE DE FÛTARÔ.
Pourquoi ?
.....
FÛTARÔ EST LÀ ?
Non, pas encore.
CRR
CRR
D'ACCORD. JE VAIS LE CHERCHER.
Euh, oui, mais…
TUUUT
.....
J'AI L'IM-PRESSION D'OUBLIER UN TRUC...

Merde... ! J'ai manqué de prudence.
J'espère qu'il est encore chez Manami...
ヴォン
VROOO
C'EST MON TOUT PREMIER RENDEZ-VOUS, EUH... INTIME.
OH, VRAIMENT ? ÇA NE TE DÉRANGE PAS QUE TA PREMIÈRE FOIS SOIT AVEC MOI, UNE CLIENTE ?

ET TOI ? ENFIN...
M'INVITER DANS CE RESTO SUPER CHIC ET TOUT...
NON, ÇA ME FAIT PLAISIR !
MAIS APRÈS, ON IRA AU CLUB, HEIN ?
ヒソ ヒソ
CHUCHOTE
C'est cher, tout de même...
TU T'INQUIÈTES POUR MOI ?
C'EST TROP MIGNON !
NE T'EN FAIS PAS...
TU PEUX VOIR ÇA COMME UNE RÉPÉTITION DU JOUR OÙ TU INVITERAS CETTE PERSONNE À QUI TU TIENS TANT DANS CE GENRE D'ENDROIT.
OH, NON, JE...
FUFUFU !
.....
UN JOUR, PEUT-ÊTRE...

MÊME SI JE DOUTE QUE ÇA ARRIVE...
IL ME VOIT TOUJOURS COMME UN ENFANT, ET...
IL EST CATÉGORIQUE SUR LE FAIT QUE JE NE DEVRAIS PAS TRAVAILLER AVEC LUI.
SAUF SI J'ARRIVE À DEVENIR L'HÔTE LE PLUS RENTABLE DU CLUB...
MAIS JE SUIS CONSCIENT QU'IL M'A LANCÉ CE DÉFI POUR ME FORCER À ABANDONNER.
IL A L'AIR DE BEAUCOUP TENIR À TOI...
SWIII
HAAAA ! ÇA M'EXCITE BEAUCOUP TROP, CE GENRE DE RELATION. ♥
ÇA QUOI... ?
ENFIN, SI TU TIENS À FAIRE CE QUE TU VEUX...

IL VA FALLOIR LA VOLER, CETTE PREMIÈRE PLACE.
COMPTE SUR MOI...
POUR TE L'OFFRIR. ♥
EN ÉCHANGE...
BRRR
PING
IL FAUT METTRE TON TÉLÉPHONE EN SILENCIEUX, PENDANT UN RENDEZ-VOUS !
HA
OOOH ! JE SUIS DÉSOLÉ !
J'AI REÇU UN MESSAGE...
FUFU...
TU ES TOUT PARDONNÉ.
Ça doit être ton club...
JE LE COUPE !

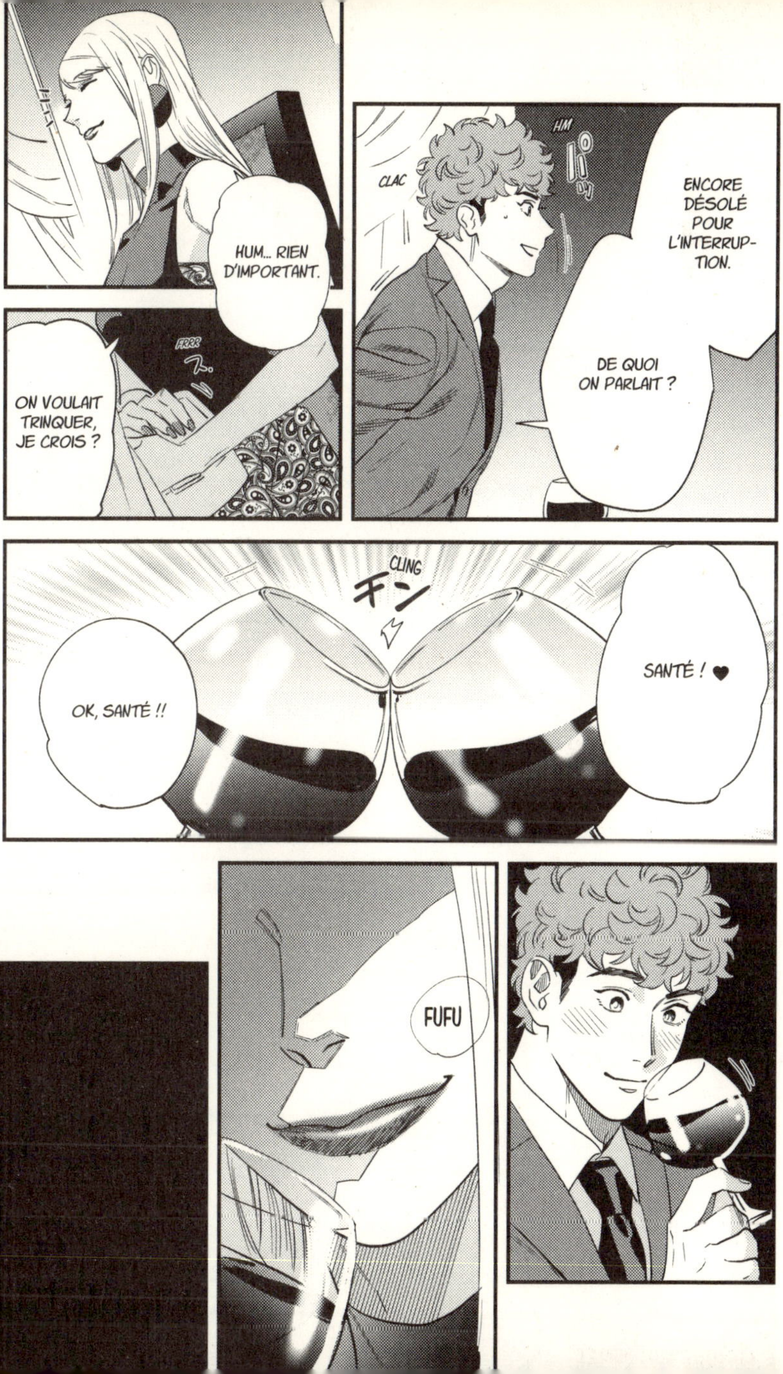
HM
CLAC
ENCORE DÉSOLÉ POUR L'INTERRUP-TION.
DE QUOI ON PARLAIT ?
HUM... RIEN D'IMPORTANT.
FRRR
ON VOULAIT TRINQUER, JE CROIS ?
CLING
SANTÉ ! ♥
OK, SANTÉ !!
FUFU

CRII
MANAMI.
CLAC
OH, MINORU ?
FÛTARÔ EST LÀ ?
FÛTARÔ ? NON, IL EST DÉJÀ PARTI.
IL DÎNAIT AVEC UNE CLIENTE, AUJOURD'HUI.
UNE CLIENTE !?
IL A DIT OÙ ILS ALLAIENT ?!
EUH... NON, POURQUOI ?
ET MERDE...
QU'EST-CE QUI SE PASSE ?

Le numéro que vous demandez…
Qu'est-ce qui se passe ?
Aucune idée...
PUTAIN DE MERDE... IL NE DÉCROCHE PAS...
OH ! MINORU !
SI TU TIENS VRAIMENT À SAVOIR OÙ IL EST...
IL Y A TOUJOURS ÇA...
ÇA ?
Tu sais...
QUAND FÛTARÔ ÉTAIT AU LYCÉE ET QUE...
BRRR
BRRR
TAC
TAC
Minoru

Mon téléphone est en train de sonner...
BRR
BRR
Ça doit être le club...
BRR
BRR
Oh, ça s'est arrêté...
HUM ?
Mais... Où je suis ?
J'étais en train de dîner au restaurant...
HMM...
SECOUE
BONJOUR, FÛTARÔ ♥.
MEI...

TU T'ES ENDORMI TOUT À COUP. J'AI EU PEUR !
AH BON ?!
TOURNE
OH...
POUF
OH, RESTE ALLONGÉ.
TU DOIS ÊTRE ÉPUISÉ, ENTRE LA FAC ET TON TRAVAIL AU CLUB.
TIENS, UN PEU D'EAU.
TAC
MERCI BEAU-COUP...
HUUU...
JE SUIS DÉSOLÉ, EN PLEIN MILIEU DE NOTRE RENDEZ-VOUS...
CE N'EST RIEN, VA.

HM... TIENS ? C'EST SUCRÉ ?
DIS-MOI, FÛTARÔ...
IL Y A QUELQUE CHOSE QUE TU POURRAIS FAIRE POUR MOI, EN ÉCHANGE DE TA PREMIÈRE PLACE...
CRII
TU N'ES PLUS UN ENFANT... TU COMPRENDS, NON ?
TOC
EUH...
TOC

TU VEUX GAGNER CE PARI, IL ME SEMBLE...
ALORS, ON S'AMUSE UN PEU TOUS LES DEUX ?
M... MEI ?
HA
GLOUPS
HAA
QU...
MAIS...
DOM
DOM
HA
HA
Qu'est-ce qu'il m'arrive... ? Ma poitrine s'est serrée...
DOM
AH, ÇA Y EST, TU L'AS SENTI ?
DOM
DÉCIDÉMENT, JE PRÉFÈRE QUAND ÇA MONTE VITE...
DOM

J'ai chaud...
HA
HA
et je me sens tellement lourd...
PLAF
QU'EST-CE QUE TU... M'AS FAIT BOIRE...
DISONS... UNE SORTE D'APHRODISIAQUE ?
TU AS CHAUD, PAS VRAI ?
TU NE PEUX PAS RESTER COMME ÇA. JE VAIS TE DÉSHABILLER UN PEU...
NON...
ARR...

CRII
CRII
CRII
MEI, ARRÊTE...
POURQUOI...
POURQUOI ? POUR POUVOIR T'OFFRIR LA PREMIÈRE PLACE, VOYONS...
AHA, JE PLAISANTE !
JE M'EN FICHE. ♡
CRR
MAIS SI TU VEUX TOUT SAVOIR, JE FAIS ÇA À CAUSE D'UNE VIEILLE RANCUNE.
HA
HAA
COMMENT ÇA... ?
CLIC
CLIC
EH OUI !
QUELLE JOLIE VUE ! ♡
CONTRE TON CHER MINORU. ♥
HAA

TU… TU CONNAIS MINORU ?!
OH, JE NE TE L'AI PAS DIT ?
ON A EU UNE RELATION PLUTÔT PROFONDE, PAR LE PASSÉ… ♥
ÇA FAIT SIX ANS, DÉJÀ, JE CROIS…
MINORU VOULAIT OUVRIR UN NOUVEAU CLUB…
ET JE LUI AI DONNÉ UN COUP DE MAIN, VU QUE JE SUIS PROPRIÉTAIRE FONCIÈRE.
ET…
EN ÉCHANGE…

HIHIHI
あ〜ん
AH... CET ASPECT DE MINORU ÉTAIT INCROYABLE ! ♥
CE VISAGE SÉVÈRE DÉFIGURÉ PAR LE PLAISIR...
DOM
MAIS JE NE PEUX PLUS LE VOIR, MALHEU-REUSEMENT...
DOM
Elle aurait...
« Quels jolis gémissements... »
DOM
C'était... la même voix !
DOM
ALORS, JE ME SUIS RABATTUE SUR TOI, SON PETIT PROTÉGÉ.
C'ÉTAIT TOI, À L'ÉPOQUE... !! C'EST TOI QUI...
TU L'AS AUSSI DROGUÉ COMME ÇA ?!
OH... NOUS AURIONS ÉTÉ SURPRIS ? ♥

MAIS…
FFF
JE PENSE QUE TU N'ES PAS AU COURANT, POUR ÇA.
FLAP
JE SUIS ÉQUIPÉE ! ♥
HÉ HÉ
GLOUPS
CRII
MAIS… ATTENDS, MEI…
TU PEUX ENCORE BOUGER ? AH, LES JEUNES…
CRII
CRII
ARRÊTE, S'IL TE PLAÎT…

MEI...
CHUUUT.
HA
SI TU RESTES SAGE, JE VAIS POUVOIR TE MONTRER TOUS LES POINTS SENSIBLES DE TON MINORU CHÉRI.
CRII
HA
FFFF
HA
ATTENTION, ON COMMENCE...
BAM
HA
HÉ ! TAKASHIMA !
SORS DE LÀ !!
LA CLÉ, VITE.
OUI, VOILÀ...
CLIC
TSS
Minoru ?!

TOI !! PAR ICI !!
DOUCE-MEEENT !
HA
MI...
HA
MINORU...
DÉGAGEZ-MOI CETTE RACLURE. ET PLUS VITE QUE ÇA.
ALLONS, MINORU... ÇA FAIT SI LONGTEMPS !
ET PUIS, COMMENT TU NOUS AS TROUVÉS ?!
BOUDE
FFF
ス

Où est mon bébé
Ici !
EEERK ! MAIS QUELLE MÈRE POULE, J'HALLUCINE !
EMMENEZ-LA.
ALLEZ, BOUGE.
AÏEUUUUH !
ÇA VA ?
EUH... OUI... CETTE APPLI...
JE L'AI INSTALLÉE QUAND TU AS EU TON TÉLÉPHONE, AU CAS OÙ.
MAIS JE N'EN AI JAMAIS EU BESOIN. J'AVAIS OUBLIÉ QU'ELLE EXISTAIT.
!
T'avais pas une appli pour le suivre à la trace ? Pour les gamins perdus...
JE SAVAIS PAS...
JE M'INQUIÈTE TOUJOURS DE CE QUE LES GENS QUE JE FRÉQUENTE DANS MON TRAVAIL...
POURRAIENT VOULOIR FAIRE À MA FAMILLE.

JE SUIS DÉSOLÉ QUE TU EN AIES ÉTÉ VICTIME.
TOUT EST DE MA FAUTE.
SNIF
NON...
C'EST PARCE QUE JE NE T'AI PAS ÉCOUTÉ, MINORU...
J'AI ÉTÉ ÉGOÏSTE, ET...
JE SAIS QUE J'AURAIS JAMAIS PU ATTEINDRE LE TOP...

C'EST BON, C'EST FINI.
TOUT VA RETOURNER À SA PLACE.
ON RENTRE. TU PEUX MARCHER ?
MAIS J'AI PERDU, JE...
!
AH !
FLAP
OH... ÇA VA ?
IL Y AVAIT QUELQUE CHOSE... DANS L'EAU QU'ELLE M'A FAIT BOIRE.
HA
HA
JE CROIS...
HA
HA
CLAIREMENT UN APHRODISIAQUE...
GNNN

PFF...
ELLE LUI A FAIT EXACTEMENT LE MÊME COUP...
C'EST NORMAL QU'IL SE SOIT LAISSÉ BERNER...
HAA
HA
FÛTARÔ.
BAISSE TON PANTALON. JE VAIS RÉGLER ÇA.
HEIN ?!!
QUE ?! V... MAIS ! MAIS NON !
ALLEZ, LAISSE-MOI FAIRE.
JE VOUS LAISSE-RAI PAS !
SORS-LA !
JE LA SORTIRAI PAAAAS !
TU TE FICHES DE MOI ?! TU AS PASSÉ TON TEMPS À M'AGRESSER, ET MAINTENANT, C'EST NON ?!

HUU...
DOM
HA
HA
DOM
MINORU...
JE PEUX LE FAIRE...
FERME-LA ET CONCENTRE-TOI.
GNN
WAH !
AH
FP
FP
AH !
SQUISH
BRR
AAH !

LA MAIN DE MINORU...
HA
HM
BRR
AH
HA
FFF
GNN
SNIF
HA
HA
SON...
ODEUR...
CRII
HAA...
MINORU...
SMACK
BRR
HÉ !
SMACK
CRII
HM...
HMPH
SMACK
QU...
H...

MINORU...
HAA
HA
FÛ...
HA
MINORU...
HAA
HUUUM...
DOM

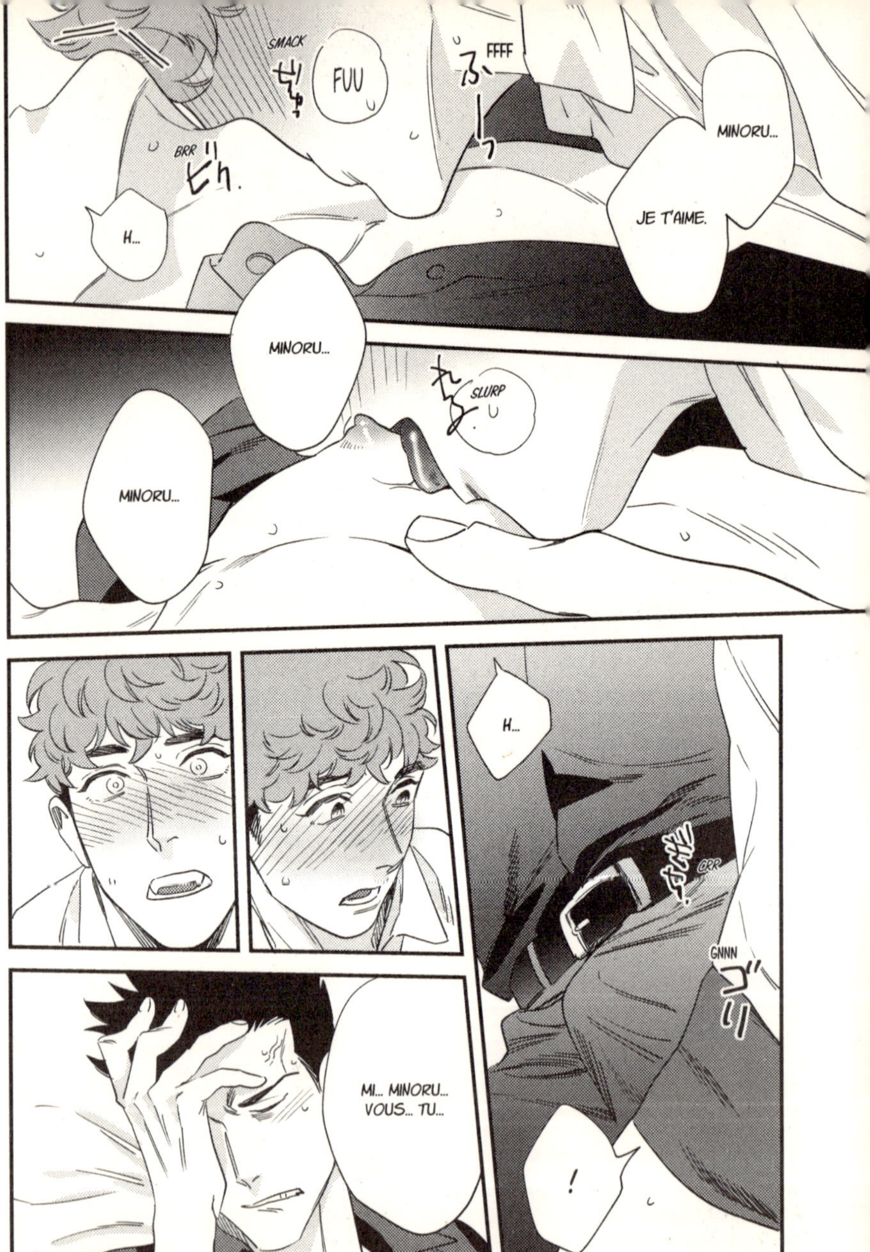
MINORU...
JE T'AIME.
FFFF
ふーっ
FUU
SMACK
BRR
H...
MINORU...
SLURP
MINORU...
H...
CRR
GNNN
ゴリ
!
MI... MINORU...
VOUS... TU...

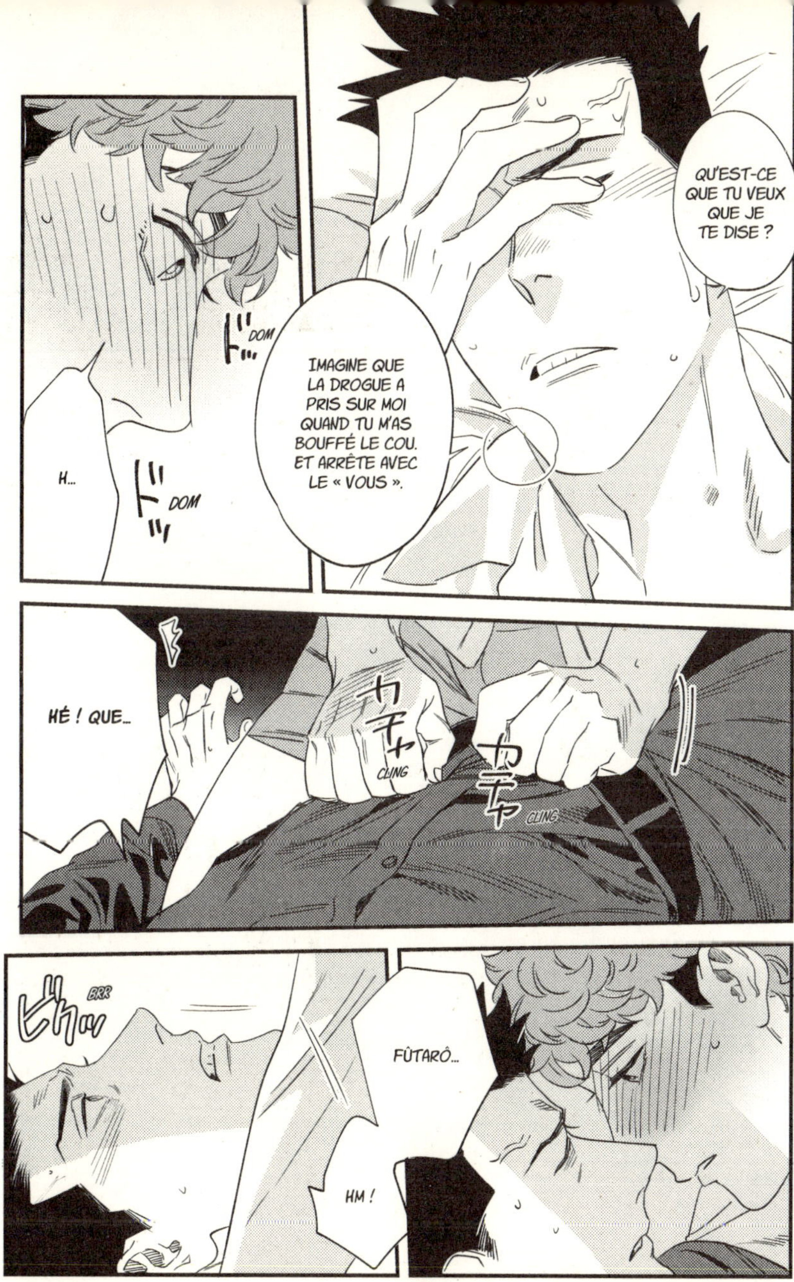
QU'EST-CE QUE TU VEUX QUE JE TE DISE ?
IMAGINE QUE LA DROGUE A PRIS SUR MOI QUAND TU M'AS BOUFFÉ LE COU. ET ARRÊTE AVEC LE « VOUS ».
DOM
H...
DOM
HÉ ! QUE...
CLING
CLING
FÛTARÔ...
HM !
BRR

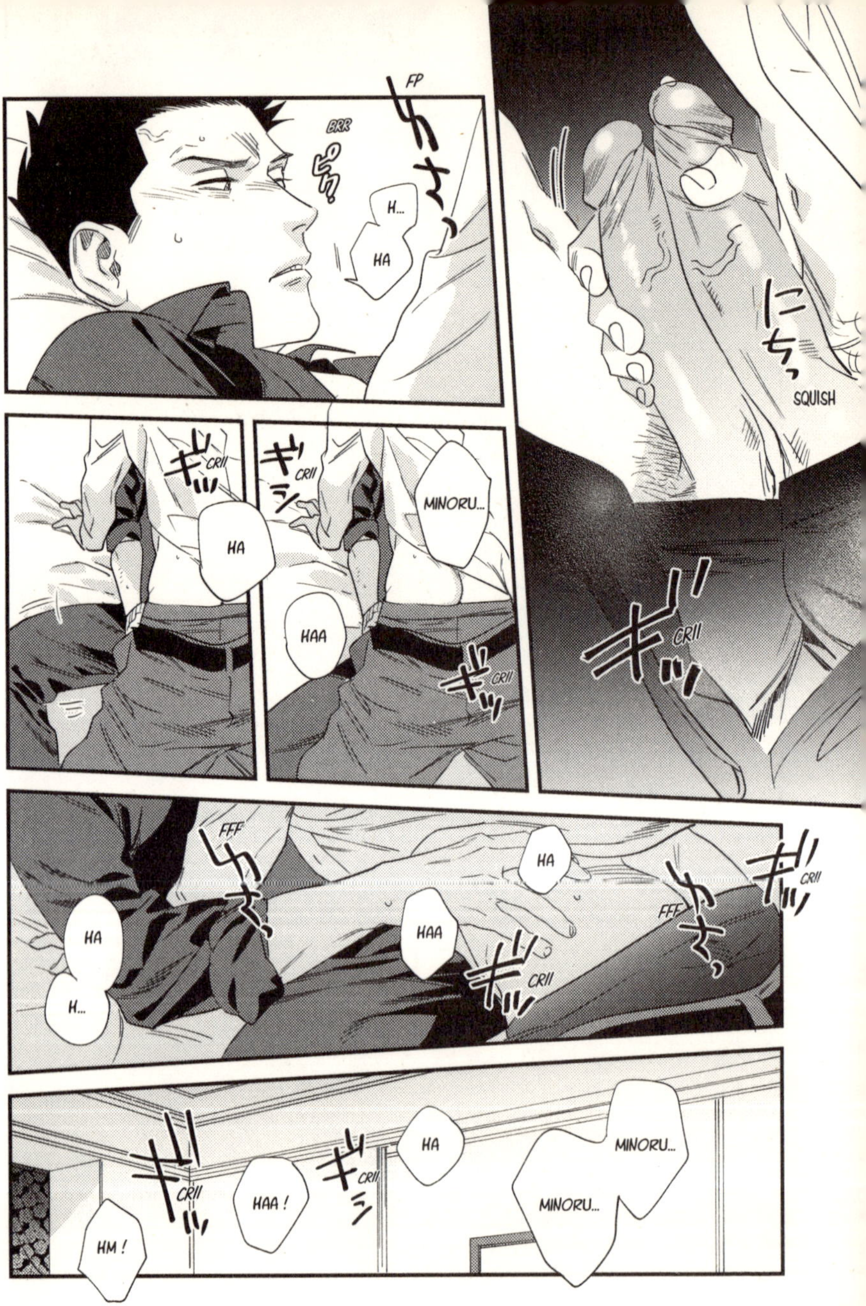
SQUISH
CRII
FP
BRR
H...
HA
MINORU...
HAA
CRII
CRII
CRII
HA
CRII
FFF
CRII
HA
HAA
CRII
FFF
HA
H...
MINORU...
MINORU...
HA
CRII
HAA !
CRII
HM !

HUUUM !
BRR
SPRRT
DOM
HA
HAA
HA
AAAAAH !
P... PARDON !
J'AI ENCORE SALI TES VÊTEMENTS...
PLIC
......

BOM
MAIS !
FFF
JE PEUX TE PRÊTER MA...
HM...
REVIENS VIVRE AVEC MOI.
JE SUIS DÉSOLÉ.
D'ACCORD.

Je préfère que tu sois sage 5

La maison que je connais bien...
Son jardin tout aussi habituel...
RAYONS DE SOLEIL
Qu'il est bon d'être chez soi !
ROULE
JE PRÉFÈRE LARGEMENT ICI !
J'EN CHANGERAIS POUR RIEN AU MONDE !
Évidemment, après les derniers événements...
J'ai arrêté mon travail d'hôte.

Au final, je n'ai pas pu relever mon défi...
malgré les circonstances atténuantes.
Et maintenant, c'est sûr...
Minoru ne me laissera jamais travailler avec lui.
IL VA FALLOIR QUE JE QUITTE LA MAISON, UNE FOIS MON DIPLÔME EN POCHE...
AU MOINS, JE PEUX PROFITER UN PEU EN ATTENDANT...
ET RESTER À SES CÔTÉS.
« Reviens vivre avec moi. »
J'ÉTAIS TELLEMENT HEUREUX...
IL EST TOUJOURS SI GENTIL...

Je me demande ce qui me serait arrivé si Minoru n'était pas intervenu...
Et ensuite...
À cause de la drogue de Mei...
on a fait des choses...
Imagine que la drogue a pris sur moi quand tu m'as bouffé le cou.
KYAAAAH
Imbécile ! Calme-toi, Fûtarô ! C'est forcément la drogue, pas juste un prétexte... !
WAAH
WAAH
WAAH

MAIS QU'EST-CE QUE TU FICHES ?
OH, EUH...
Bonjour...
J'amène des fleurs...
Yo !
ALORS COMME ÇA, TU VAS PAS POUVOIR BOSSER POUR LE FRANGIN ?
NON, MALHEUREU-SEMENT... AHAHA...
IL T'A POURTANT DEMANDÉ DE RENTRER, NON ?
BEN, OUI, MAIS...
ÇA NE VEUT PAS DIRE GRAND-CHOSE.
Et voilà.
Merci !

CE N'EST PAS COMME S'IL M'ACCEPTAIT AUPRÈS DE LUI...
AH BON ? MAIS DU COUP...
FFFF
C'EST BIEN LUI QUI T'A POUSSÉ À PRENDRE CE JOB D'HÔTE PLUTÔT QUE DE CHERCHER UN BOULOT PLUS TRADITIONNEL, NON ?
QU'EST-CE QUE TU VAS FAIRE, MAINTENANT ? TU VAS FINIR AU CHÔMAGE...
TU SERAS COMME UN CHIEN ABANDONNÉ !
GYAAAH
JE VEUX PAS ÊTRE ABANDONNÉ !!
NOOON !
QUELLE HORREUR !
TU VAS FINIR À LA FOURRIÈRE..!
EH BIEN, MOI, J'AI UN EMPLOI POUR FÛTARÔ.

RURI !
UN EMPLOI ? QUEL GENRE ?
C'EST ÉVIDENT, NON ?
ARF
ARF
ICI, À LA MAISON GODAI.
I...
ICI ?
QUOI ?!!

MAIS, GENRE, POUR TENIR LA MAISON ET TOUT ?!
TCH
OUI.
OH, C'EST BIEN VU, EN EFFET !
JE COMMENCE À FAIBLIR, VOUS SAVEZ.
JE VEUX TOUJOURS PASSER DE TEMPS À AUTRE, POUR AIDER, MAIS...
À MON ÂGE, ON N'A PLUS ASSEZ D'ÉNERGIE POUR CE GENRE DE TÂCHE.
IL NOUS FAUT UN PETIT JEUNE EN FORME ET TRÈS INVESTI, POUR CE TRAVAIL.
QUELQU'UN COMME FÛTARÔ.
RURI...
FUFU...

LES TOUTOUS T'ADORENT DÉJÀ...
OUIF !
ET JE POURRAI DORMIR SUR MES DEUX OREILLES SI JE SAIS QUE C'EST TOI QUI AS PRIS LA RELÈVE !
OUIF !
PERSONNE N'EST PLUS COMPÉTENT QUE FÛTARÔ POUR CE TRAVAIL.
N'EST-CE PAS...
MINORU ?
.....
J'AVOUE !
MINORU. ♥
BLING
TOTA-LEMENT, BOSS.
VOUS VOUS Y ATTENDIEZ, HEIN ?

SANS FÛTARÔ, LA MAISON EST TROP VIDE ET TROP CALME.
C'EST CE QUE NOUS DISIONS L'AUTRE JOUR...
OOOH !
NON ?
HEIN HEIN...
JE N'AI JAMAIS ACQUIESCÉ...
QUOI ?!
C'EST VRAI, ÇA ?!
.....
ET PUIS, CELA RÉSOUT UN AUTRE PROBLÈME...
AH ?
LE FAIT QUE VOUS SOYEZ INCAPABLE DE TENIR UNE MAISON VOUS-MÊME, MINORU. SI NOUS RECRUTONS À L'EXTÉRIEUR, IL FAUDRA FORMER LA PERSONNE. VOUS NE SAUREZ PAS FAIRE. ET VOUS ÊTES TROP RÉSERVÉ, ET VOUS RISQUEZ DE LUI FAIRE PEUR, AVEC VOTRE VISAGE DE MAFIOSO...
PIQUE
PIQUE
PIQUE
OH LÀ LÀ ! RURI !

FLOUF
FLOUF
FÛTARÔ EST DÉJÀ FORMÉ, ET PLEIN D'INITIATIVE.
DE PLUS, S'IL TRAVAILLE ICI, IL NE SERA PAS CONFRONTÉ À VOTRE MILIEU DANGEREUX.
ARF
ARF
QUELQUE CHOSE NE VOUS CONVIENT PAS ?
OH, EUH... RIEN, JE...
BON, ET TOI, FÛTARÔ ?
QU... MOI ?!
JE... SI JE PEUX RESTER PROCHE DE MINORU...
TOUT ME VA.

RADIEUSE
BIEN, ALORS C'EST DÉCIDÉ !
IL FAUT FÊTER ÇA, QU'EN PENSEZ-VOUS ?
JE COMMANDE LES SUSHIS !
VOUS VOULEZ QUE J'AILLE ACHETER UN GÂTEAU ?
AHA !
AHA !
EUH...
HEP...
Quelle bonne idée ! Nous allons préparer tout ça !
TSS
Ça tombe bien qu'on ait aussi amené des fleurs...
YEP !!
JE PRENDS LE DERNIER AUX ŒUFS DE SAUMON !
HOP
AAH !

NOOON ! JE L'AVAIS MIS DE CÔTÉ EXPRÈS POUR LE MANGER À LA FIN !
FAUT PAS LAISSER ÇA TRAÎNER, CRÉTIN...
C'est sa fête quand même...
AU FAIT, IL EST OÙ, FÛTARÔ ?
HM ?
Ils lui ont enfoncé la couronne de fleurs sur la tête.
SLUURP
ARF
ARF
EUH, MINORU... C'EST DU SAKÉ, ÇA, NON ?
ÇA VA ALLER ?
HM ?
OUAIS.
OH, VOUS NE BUVEZ PAS, BOSS ?
NAN. IL TIENT PAS L'ALCOOL.
CE N'EST PAS QUE JE NE TIENS PAS L'ALCOOL. JE BOIS JUSTE RAREMENT.
TU TIENS PAS L'ALCOOL, ARRÊTE !

MINCE, J'AURAIS PAS CRU ! VOUS AVEZ L'AIR D'UN VRAI ROC !
AHA, C'EST VRAI, ON DIRAIT PAS !
Je vous dis que...
VOUS ÊTES DÉJÀ TOUT ROUGE...
BEN DÉSOLÉ DE NE PAS CORRESPONDRE À L'IMAGE QU'ON A DE MOI.
C'est comme ça, c'est tout...
TU N'AS PAS À T'EXCUSER !
C'EST VRAI QUE...
TU AS L'AIR EFFRAYANT, MAIS...
C'EST JUSTE QUE PER-SONNE NE SAIT QUE...
BRR

TU ES LA PERSONNE...
LA PLUS GENTILLE...
QUE JE CONNAISSE.

AHA, C'EST VRAI, BIEN SÛR !
ON ÉTAIT EN TRAIN DE SE MOQUER, VA !
T'ES TROP PROTECTEUR, TOI AUSSI !
FROTTE
HUU...
ALLEZ, ASSIEDS-TOI, QU'ON MANGE CE SUPER GÂTEAU !
OH, IL FAUT QUE JE FASSE LE THÉ...
T'INQUIÈTE, JE GÈRE !
CLING
CLING
.....
ÇA LUI VA BIEN, LES FLEURS...
BRR
TOURNE
TIENS.
POF
HOUMPH

?
JE CROYAIS QU'IL AIMAIT LES FRAISES, POURTANT...
Ah, ils s'entendent si bien...
C'était quoi, cette scène ?
Il ne les cède aux autres que quand il est content...
AN
NINI
LALA
MEME
PCHIIII
FRSH

LES CHIENS SONT ALLÉS DORMIR DANS LEUR CHAMBRE ?
FRSH
キュッ
キュッ
OUAIS. ET MANAMI ET LES AUTRES SONT PARTIS.
TU DEVRAIS TE REPOSER AUSSI.
OUI.
FRSH
カチャ
カチャ
SHHHH
ザーッ
JE FINIS LA VAISSELLE.
カチャ
FRSH
MINORU, TU PEUX ALLER TE COUCHER.
SHHH

Il est là...
Ce n'est pas une illusion, cette fois.
MINORU ?
OH !
EUH... ?
AH.

JE M'Y ATTEN-DAIS PAS...
EUH... QU'EST-CE QU'IL Y A ?
RIEN, RIEN. T'OCCUPE PAS.
TU TE SENS MAL, PEUT-ÊTRE ?
NON.
TAP
TAP
JE VAIS T'AMENER À BOIRE.
VA TE REPOSER.
C'EST PIRE QUE JE NE LE PENSAIS...

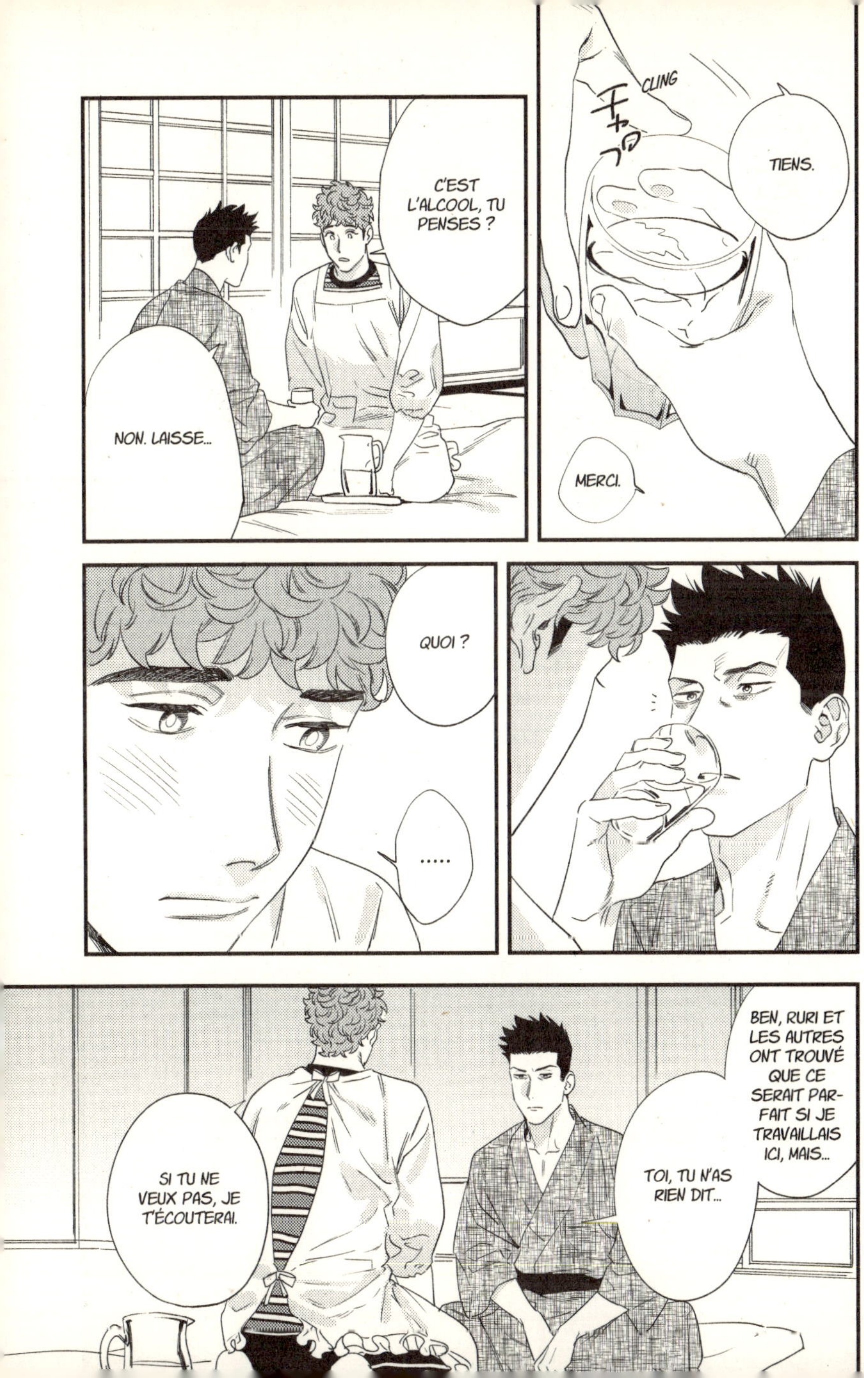
CLING
TIENS.
MERCI.
C'EST L'ALCOOL, TU PENSES ?
NON. LAISSE...
QUOI ?
.....
BEN, RURI ET LES AUTRES ONT TROUVÉ QUE CE SERAIT PAR-FAIT SI JE TRAVAILLAIS ICI, MAIS...
TOI, TU N'AS RIEN DIT...
SI TU NE VEUX PAS, JE T'ÉCOUTERAI.

JE PASSE MON TEMPS À TE CAUSER TOUT UN TAS DE PROBLÈMES...
SI TU NE VEUX PLUS...
ÇA SUFFIT.
HM ?
ARRÊTE ÇA.
FAIS CE QUE TU PRÉFÈRES.
CE N'EST PAS COMME SI JE N'ÉTAIS PAS CONSCIENT...
QUE LE RAISONNE-MENT DE RURI EST INFAILLIBLE.

N... ON...
QUOI ?
JE VEUX PAS.
HEIIIN ?!
COMMENT ÇA...
JE VEUX PAS !
MAIS QUOI ?!!

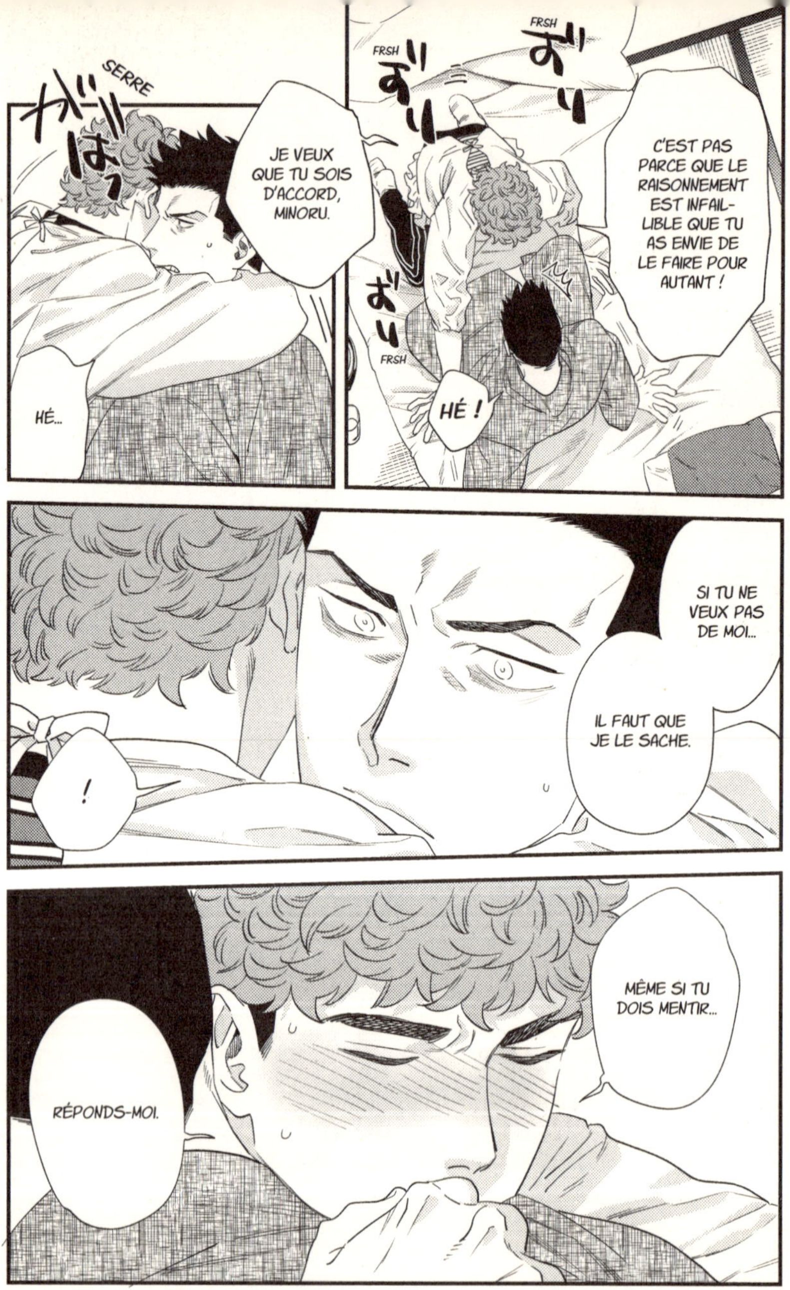
FRSH
FRSH
C'EST PAS PARCE QUE LE RAISONNEMENT EST INFAIL-LIBLE QUE TU AS ENVIE DE LE FAIRE POUR AUTANT !
FRSH
HÉ !
SERRE
JE VEUX QUE TU SOIS D'ACCORD, MINORU.
HÉ...
SI TU NE VEUX PAS DE MOI...
IL FAUT QUE JE LE SACHE.
!
MÊME SI TU DOIS MENTIR...
RÉPONDS-MOI.

Parfois, il est plus mature qu'il n'en a l'air...
TU PEUX RESTER.
ET TU PEUX FAIRE CE DONT TU AS ENVIE.
MINORU...
TU MENS, PAS VRAI ?
TS...

NON.
D'ACCORD.
JE... J'AIME BIEN QUE TU METTES TON FRONT CONTRE LE MIEN.
ET QUE TU ME FROTTES LA TÊTE.
AH OUI ?
DOMMAGE QUE JE N'AIE PAS GAGNÉ NOTRE DÉFI...

C'EST TOUJOURS TOI QUE JE VEUX, MINORU...
!
BRR
HM...
SMACK
HA
HA
HÉ...
FLOUP
FÛTA...
MINORU, JE T'AIME...
SMACK
SMACK
HAA
HAA
JE T'AIME.
MINORU, JE...

HÉ !
HA
HMPH
HA
MAIS JE NE VEUX PAS...
DEVENIR COMME MEI...
ALORS IL VAUT MIEUX...
QUE JE NE RESTE PAS AVEC TOI.
Il savait ?
IMBÉCILE.

TU NE PEUX PAS DEVENIR COMME ELLE.
VOUS N'AVEZ RIEN À VOIR L'UN AVEC L'AUTRE.
SINON, SACHE QUE...
JE T'AURAIS DÉJÀ CASSÉ LA GUEULE.
D'AILLEURS, C'EST CE QU'IL S'EST PASSÉ L'AUTRE FOIS...
QUOI ?
JE LUI AI REFAIT LE PORTRAIT. COMME IL FAUT.
AH BON ?!
MAIIIS ! C'ÉTAIT DOULOUREUX !

MAIS ! MEI A DIT...
QU'ELLE CONNAISSAIT TOUS TES POINTS SENSIBLES !
EH NON.
TES POINTS...
JE TE DIS QUE NON.
Oh... Alors elle n'a pas...
Ouf. Tant mieux...
TU...
TU N'AS QU'À LES CHERCHER TOI-MÊME.
CHCHCHCHCHCH... CHERCHER ?!
MOI ?!
ARRÊTE DE CRIER !

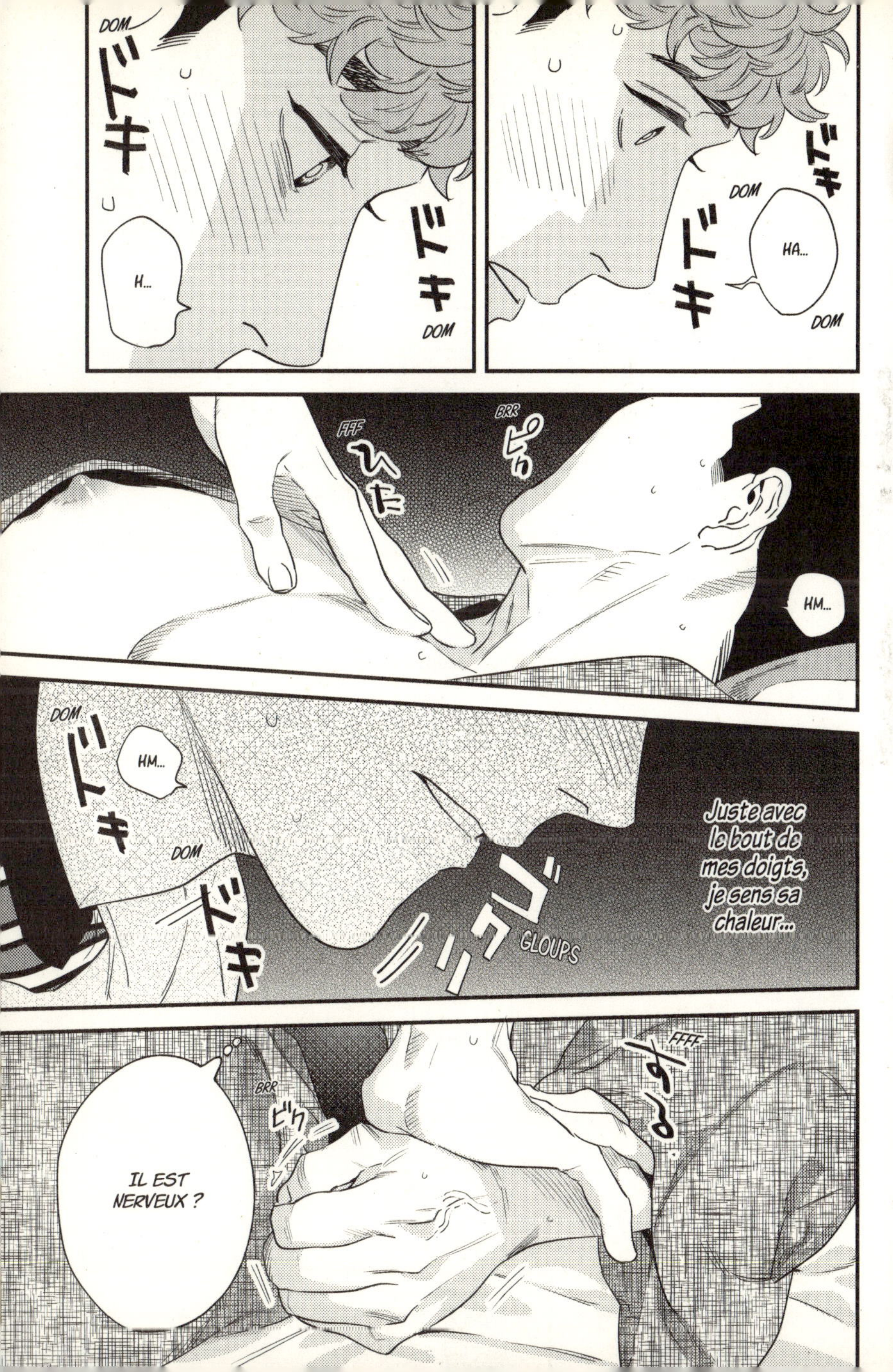
DOM
ドキ
HA...
ドキ
DOM
DOM
ドキ
H...
ドキ
DOM
BRR
FFF
HM...
Juste avec le bout de mes doigts, je sens sa chaleur...
GLOUPS
DOM
ドキ
HM...
DOM
ドキ
FFFF
BRR
IL EST NERVEUX ?

JE NE PENSAIS PAS QU'IL POUVAIT ÊTRE NERVEUX, LUI AUSSI...
POURQUOI TU SOURIS COMME ÇA ?
HÉHÉ...
Il n'y a que moi qui sais ça !
HM...
SMACK
HM...
HAA
SLURP
HA
HAA
FFF
JE ME DEMANDE...

FF...
ICI... ? NON.
BRRR
BRR
FU
QU'EST-CE QU'IL FAIT, À ME LÉCHER PARTOUT... ? ON DIRAIT VRAIMENT UN CHIEN...
HM
FU
MINORU...
FFF
HA
HM...
H...
BRR
SLURP

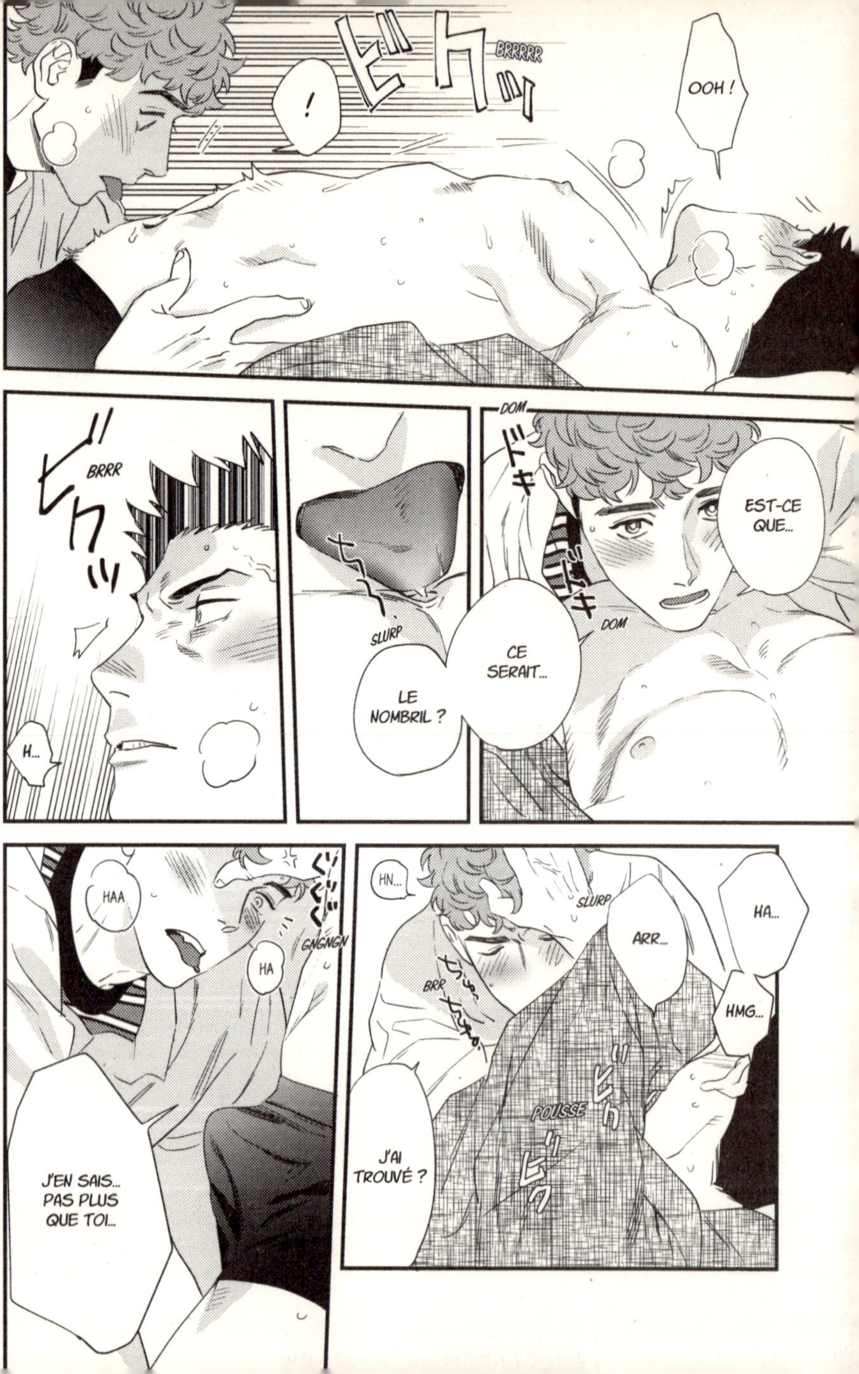
OOH !
BRRRRR
!
DOM
EST-CE QUE...
DOM
CE SERAIT...
LE NOMBRIL ?
SLURP
BRRR
H...
HA...
HMG...
ARR...
SLURP
HN...
BRR
POUSSE
J'AI TROUVÉ ?
GNGNGN
HAA
HA
J'EN SAIS... PAS PLUS QUE TOI...

FWP
AT-TENDS...
SLP
GNN
SI CE N'EST PAS LE NOMBRIL,
BRR
HM...
SQUISH
C'EST PEUT-ÊTRE LÀ ?
TU...
AH...
HA
BRR
HA
SQUISH

MINORU... ÇA VA ?
H...
BRR
SQUISH
FU
LA FERME...
BRR
HA !
SLP
SLP
AH
HA
SQUISH
ARRÊTE, JE...
SQUISH
VAIS...
BRRRR
HMPH
GH...
H...
SPLT
HA
HAA
IL EST VENU...
PLIC
HA

HA
HAA
HA
HA
MERDE...
FÛTARÔ, TU...
JE SUIS DÉSOLÉ...
MAIS MOI AUSSI...
FFF
HM ?
!!
GNGN
H...
BRRR
ビク
HÉ !
BRR
SQUISH
DOUCE-MENT !
BRRRR
HA
FÛTARÔ...
AH
DOM
ドキ
DOM
ドキ
AH...
HM...
HA
AH
SQUISH

GHU...
HA
HAA
HM...
HA
SQUISH
HA
BRR
HM !
.....
MINORU...
HA
HA
SLP

DOM
MINORU...
DOM
HAA
HAA
JE PEUX... ?
HAA
HAA
POUSSE
BRR
IL DEMANDE S'IL PEUT, MAIS IL EST DÉJÀ TROP ENTHOU-SIASTE À CETTE IDÉE...
TSS...
HAA...
ENLÈVE AU MOINS ÇA, AVANT. C'EST TROP BIZARRE...
HA
OH !
ENSUITE. D'ACCORD.

SLAP
HA
AH
AH
HA
HAA
SLAP
GH...
CRR
FUU...
MINORU...
SLAP
FUU
HMPH
HG
HM
H...
FFF
FFF
SLAP
HM...
BRR
BRR
MINORU...
HA
BRR
HAA
SLAP
Je n'aurais jamais cru être autorisé à faire ce genre de chose...
Il a accepté...
HAA
HAA
MINO...
AH
HAA
SLAP
MI...
mes sentiments comme mes désirs...
NORU...

J'ai été abandonné...
puis accueilli par cette famille à qui je dois tout...
HAA
HA
FU
HÉ, POURQUOI TU PLEURES ?
C'EST MOI QUI DEVRAIS PLEURER, LÀ, AVEC CE QUE J'AI ENTRE LES FESSES.
DÉSOLÉ...

SLAP
MI...
MINORU...
FUU
FUU
SLAP
AH
AH !
HA
HA
SLAP
JE T'AIME.
HM
H...
HA...
JE T'AIME TELLEMENT...
BRR
HF...
BRR
SLAP
FFFF
HA
HMA...
DOM
BRR
BRR
HMPH
HA
HAA !
SLPT
FLP
BRR
BRR
BRR

HM
FFF
HU
SERRE
JE...
EST-CE QUE JE POURRAI TOUJOURS RESTER AUPRÈS DE TOI ?
MAIS OUI...
CLAC CLAC
MINORU...
CUI
CUI
Tu avais mal...
TU DEVRAIS QUAND MÊME TE REPOSER, AU-JOURD'HUI...
MAIS NON, ÇA VA.

BRR
Bien sûr que non, ça ne va pas !
BRR
IL VACILLE...
STOP
ピタ
DÉCIDÉMENT...
JE TE PRÉFÈRE DANS CE GENRE DE TENUE.
HÉ HÉ
À CE SOIR.
BONNE JOURNÉE !!

Quatre ans plus tôt.
Godai Finances
★ Recrute ! ★
Vente, service client, collecte des fonds
Dans une ambiance sympa
et décontractée !
2e étage, Godai
TEL xxx-xxxx-xxxx
UN USURIER, HEIN ?
Moriyama Tetsurô (19 ans)
Je ne sais pas pourquoi, mais j'ai toujours admiré les « bad boys ».
Ça doit être à cause des films de yakuza...
Qu'est-ce que cette affiche fait ici... ?
ou simplement parce que je voulais me projeter dans des icônes badass, vu que j'ai un gabarit d'avorton...
ON VOIT DES USURIERS DANS LES MANGAS, AUSSI...
et qu'on me l'a trop fait remarquer...
Les entreprises de l'ombre, ça rapporte.
Et c'est trop classe.

BONJOUR ! JE VOUS AI CONTACTÉ PAR TÉLÉPHONE, JE VIENS POUR LE POSTE...
Godai Finances
AAH, OUAIS. MORIYAMA, C'EST ÇA ?
OUI !
JE SUIS LE PATRON DE GODAI FINANCES.
BIENVENUE.
ALORS, VOYONS ÇA...
ASSEYEZ-VOUS.
OUI !
Il a l'air jeune, mais quel charisme... !

BON, MORIYAMA...
VOUS ÊTES AU COLL... LYC... À L'UNIVERSITÉ ?
Voici mon CV.
JE SUIS AU CHÔMAGE.
Il fait grave attention !
VOTRE TRAVAIL CONSISTERAIT...
À TENIR LA BOUTIQUE, COLLECTER LES DETTES ET FAIRE DES RELANCES.
AH, POUR PRÉVENIR ÉGALEMENT... DISONS QUE NOUS AVONS...
DES TAUX D'INTÉRÊT LÉGÈREMENT PLUS ÉLEVÉS QUE LA MOYENNE.
ÇA VOUS DÉRANGE PAS ?
JE SUIS FAN DE MANGAS DE YAKUZA, DONC ÇA ME VA !
VOUS ÊTES ENGAGÉ.

Ça y est, je suis dans l'illégalité !
Même si c'est assez compliqué de gérer les limites de territoires...
avec la mafia locale...
BAM
BAM
BAM
SHIBATA ! M. SHIBATA ! JE SAIS QUE VOUS ÊTES LÀ !
CLAC
SHIBA...
HÉ, ARRÊTEZ DE HURLER COMME ÇA, VOUS VOU-LEZ BIEN ?
J'AI PAS D'ARGENT POUR VOUS. DÉGAGEZ.
MAIS, M. SHIBATA, ON NE VOUS A PAS FAIT UN DON, HEIN...
J'AI PAS UN ROND, JE VOUS DIS !
POURTANT, VOUS TRAVAILLEZ DANS UN CLUB D'HÔTES, NON ?
CLAC
LA FERME, MINUS !
QU... !!
TETSU.
OH, PATRON.

LAISSE-MOI GÉRER ÇA.
ALORS, SHIBATA, C'EST ÇA ?
HÉ ! MAIS RENTREZ PAS CHEZ MOI COMME ÇA !
QU... NON !
TAP
TAP
ALLEZ, SORTEZ TOUT ! VITE !
KYAH !
ATT... NOOON ! GYAAH ! D'ACCORD, JE PAIE ! JE PAIE !
VOUS DISIEZ QUE VOUS NE POUVIEZ PAS, POURTANT... VOUS ÊTES SÛR ?
JE... JE PEUX...
AAH !
OOOH ! BEN VOUS AVIEZ DE QUOI, DITES-DONC !
ET VOILÀ. C'EST FAIT.
CLAC
WAOUH !
ÇA LUI A PRIS TELLEMENT PEU DE TEMPS !

PATRON... VOUS POUVEZ ME DONNER DES TUYAUX SUR VOTRE MÉTHODE ? C'EST IMPRESSION-NANT !
DES TUYAUX ?
OUI !
HOCHE
HOCHE
HUM, BEN...
JE DIRAIS QU'IL FAUT...
PRENDRE LES DEVANTS.
ET UNE FOIS QUE TU LES AS BIEN EN MAIN, TU LES LÂCHES PLUS AVANT QU'ILS BALANCENT LA SAUCE.
Cette méthode intimidante, et cette façon de parler... C'est tellement le genre mafieux !
Je suivrai ce type au bout du monde !
TROP COOL !
C'est quoi, ce geste ?

J'y ai cru au début, mais...
ALLEZ, SORS-MOI LE PAQUET !
C'EST JUSTE POUR CETTE FOIS, TU SAIS ? JUSTE UNE FOIS, ET TOUT CE FRIC EN MOINS SUR TA DETTE !
MAIS JE PEUX VRAIMENT PAS, S'IL VOUS PLAÎT...
C'EST BON, C'EST JUSTE UN TROU DE DIFFÉRENCE...
PARDON ! PARDON !
AH ! PITIÉ !
AAAH ! C'EST TROP BON !
SLAP
SLAP
.....
BLING
BLING
AAH ! ♥ C'ÉTAIT BIEN !
ENLÈVE-LUI SON POURCENTAGE, TU VEUX ?
OUAIS...
IL PARLAIT BIEN DE PRENDRE LES DE-VANTS, MAIS ENSUITE...
C'ÉTAIT LITTÉRAL !?
Ou c'est moi qui ai rien compris ?!

Quatre ans plus tard...
Godai Finances
PATRON !!
PA-TROOON !!
VOUS AVEZ ENCORE RÉDUIT LA DETTE D'UN TYPE POUR COUCHER AVEC LUI ?!!
Quand il arrive à attra-per des clients, il les laisse filer...
et quand ils lui plaisent, il les prend en pitié...
BEN...
LE PAUVRE, IL EST TOUT SEUL À SOUTENIR SON PETIT FRÈRE ET SA GRAND-MÈRE...
ET ILS VIVENT DANS UN TAUDIS... JE POUVAIS PAS RESTER LES BRAS CROISÉS ALORS QUE C'EST LA FAUTE DE SES PA-RENTS S'IL EST ENDETTÉ...
Ce mec est vraiment comme je le fan-tasmais ?
PFF...
ÇA Y EST, IL EST ACCRO...
LE BOSS VA PAS AIMER, VOUS SAVEZ ?
DANS CE CAS, ON GARDE ÇA POUR NOUS, TU VEUX ?
Enfin...

Peut-être que, comme moi, il fantasmait ce genre de milieu...
TETSU ! TETSUUU !!
mais qu'il a jamais pu l'intégrer pour de vrai, car c'était pas pour lui...
OUI, OUI, QUOI ?
FAIS GAFFE, ON A UNE LIVRAISON À 15 H !
C'EST PRÉVU !
OK, PARFAIT !!
Depuis, il s'est reconverti...
et il est devenu fleuriste. Un métier bien loin de ses anciennes prérogatives...
TU PRÉFÈRES LEQUEL ?
HUUUM...
Mais... c'est pas plus mal !

Visiblement, la raison de ce changement, c'est le dernier client dont il est tombé amoureux...
AH
AH ! ♡
HA ♡
SLAP
AAAH
AH ! ♡
SLAP
SLAP
HMM... ♥
MAKOTO... ♥
SLAP
SLAP
AAH !
AH !
Clairement, l'image que j'avais des mecs badass comme lui s'est faite proprement détruire par le contexte...
HAA ! ♡
Je viens ! ♡
JE REVIENS D'UNE LIVRAISON POUR TROUVER ÇA... !
AA AH !
BOUHOUHOU
ET ARRÊTEZ DE BAISER DANS L'ARRIÈRE-BOUTIQUE, BORDEL !

TULULULULU
HM...
Mais quoi, bon sang...
.....
TULULULULU
GRMPH
TULULULULU
BIP
ALLÔ...
OH !
Désolé de vous déranger, patron…
C'est au sujet du meeting de ce soir…
OUAIS...
HM...
OK.
TAP
D'ACCORD.
TAP

CLAC
SILENCE
FÛTARÔ N'EST PAS LÀ...
JE SUIS PARTI FAIRE DES COURSES. JE DEVRAIS ÊTRE RENTRÉ POUR LE DÉJEUNER.
FÛTARÔ
GARGLL

BRRRR
ぐぐ
SLAP
どばーっ
PUSH
......

JE NE SAIS PAS OÙ EST LA TROUSSE À PHARMACIE...
Ça ira avec des mou-choirs...
Le fait que vous soyez incapable de tenir une maison vous-même, Minoru.
ELLE N'AVAIT PAS TORT...
AAAAH !
BRR
!?
COMMENT TU T'ES FAIT ÇA ?!
TU SAIGNES !
DU CALME !
JE... PENSAIS FAIRE À MANGER...
C'EST MON RÔLE, DE FAIRE À MANGER !
ATTENDS, JE VAIS TE CHERCHER UN PANSEMENT !

ATTENTION, ÇA VA PIQUER.
ÇA VA.
C'est assez profond...
FFF
カサ
IL A LES MAINS...
TELLEMENT ABÎMÉES...
FRR
FRR
EUH...
HUM...

MI...
MINORU ?
GLOUP
DÉSOLÉ.
MERCI.
OH !
GNP
QU...
QUOI ?
FIXE
BRR
BRR

HÉ !
CRII
QU'EST-CE QUI T'EXCITE, TOUT À COUP ?
HAA
HAA
EUH...
BEN...
JUSTE...
BRR
SMACK
UN PETIT PEU...
SMACK

JE SAIS COMMENT FINISSENT TES « UN PETIT PEU »...
CRII
HA
SQUISH
SQUISH
GH...
AH !
AH
CRII
CRII
AH
TU...
HM
SQUISH
CRII
SQUISH
CRII
VAS-Y, ALLEZ...
SQUISH

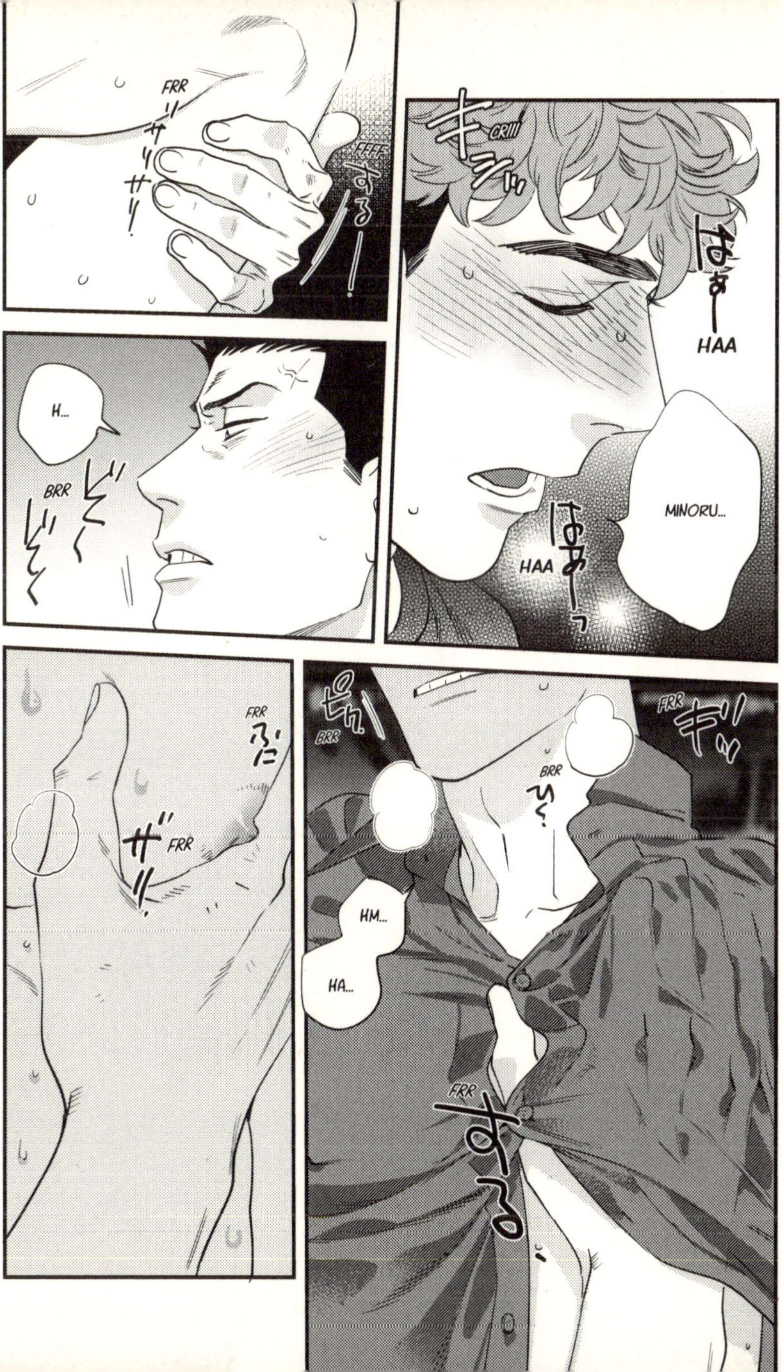
CRIII
HAA
MINORU...
HAA
FRR
FFFF
H...
BRR
FRR
BRR
BRR
HM...
HA...
FRR
FRR
FRR

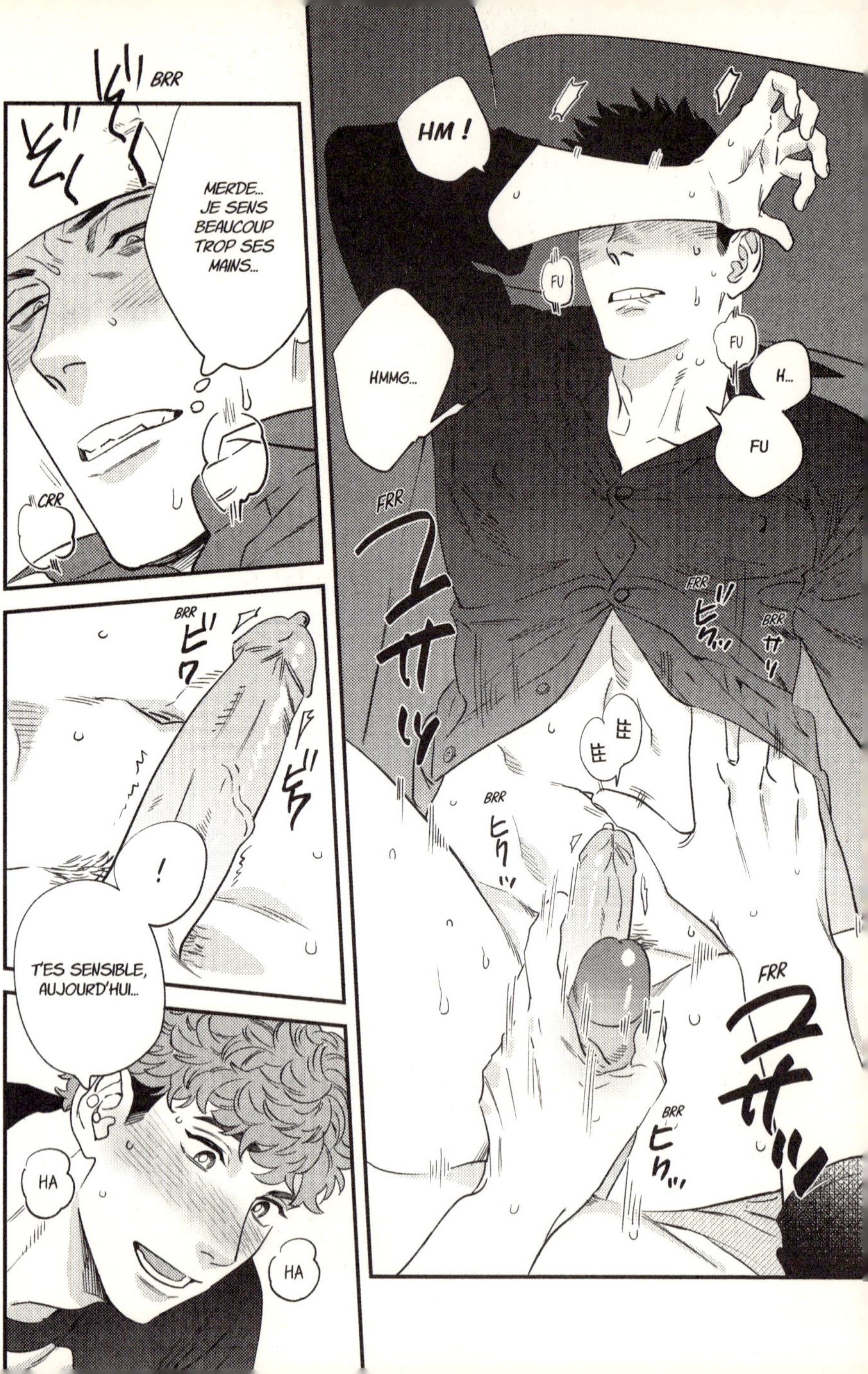
HM !
FU
FU
H...
FU
HMMG...
FRR
FRR
BRR
BRR
FRR
BRR
BRR
MERDE... JE SENS BEAUCOUP TROP SES MAINS...
CRR
BRR
!
T'ES SENSIBLE, AUJOURD'HUI...
HA
HA

BRRR
HUM !
HMP-RHA...
FERME...
AH !
SLPR
HA !
BRR
HA !
BRR
PUTAIN... IL COMMENCE À PRENDRE LE COUP DE MAIN...
HA
HAA
HA
HA
HA
MINORU... C'ÉTAIT B...
HOUMPH !
TAC
CRR
HMMM !

LA FERME.
MAIIIS !
J'AVAIS MÊME PAS FINI MA PHRASE... !
HMPH
HAA
HÉHÉ
BON, JE VAIS PAS ME PLAINDRE... C'EST RARE QU'IL M'EMBRASSE DE LUI-MÊME...
POURQUOI TU SOURIS COMME ÇA ?
RIEN ! ♥
CRR
H...
HM...
JE...
JE RENTRE...
BRR

POUSSE
GH...
BRR
AH
AH
POUSSE
HM...
SLURP
CRR
H...
BRRR
HA
AH
SMACK
HM...
BRRR
AH
SMACK
HA !
HAA !
CRR
AH
BRR
POUSSE
CRR
BRR
OOOH
HMM...
SQUISH
OOOH...
AH
AH
SQUISH
CRR
HM...
H...

HAA...
MINORU...
AH
FUU
SMACK
FRRR
FFF
FRRR
SSS
KRR
DOM
!
HOO...
C'est pas possible,
il faut que je fasse
quelque chose !!
GHU...
ATT...
H...
OOH !
GRRR
N...
BRR
HAA
HAA !
HAA
MINORU...

FIN

Il est sensible.

POSTFACE

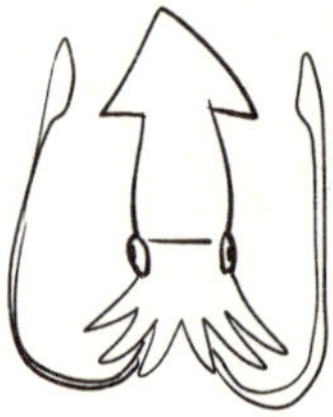

Bonjour, ici Niyama ! C'est mon deuxième manga chez Reijin uno.

Ce manga est aussi un spin off de « Je préfère en nature ».

Il met en scène le grand-frère de Manami. Qui est aussi uke.

JE M'EN DOUTAIS : L'ÉQUIPE DE REIJIN AIME BEAUCOUP LES UKE TRÈS VIRILS...

Mon éditrice.

L'équipe éditoriale a été unanime à ce sujet.

Sauf que Minoru est du genre calme et composé, encore plus que dans « Je préfère en nature »... Et qu'il ne risque pas d'avoir une vie sexuelle... Contrairement à son frère, il ne se déshabille pas à la moindre occasion... Une vraie cata !

Comment je vais faire... ?!

JE NE PEUX PAS LUI FAIRE FAIRE DE TRUCS COCHONS, DU COUP !

Eh bien... Le seme peut se masturber, peut-être ?

Mon éditrice

C'EST AINSI QUE FÛTARÔ A ÉTÉ SURPRIS EN TRAIN DE SE MASTURBER... DEUX FOIS.

Reijin uno demande une scène érotique par chapitre.

Une autre chose à laquelle je n'avais pas pensé : la meute de spitz nains qui apparaissent à la fin du tome précédent.
OUIF ! OUIF !
Minoru !
Je nettoierai plus tard...
Allez, sortez de là !
FRR
C'est tout sale !
Je ne sais pas dessiner les chiens !
Moi, incapable de dessiner des chiens, du début à la fin (dans le storyboard).
Ah, et j'ai été tout aussi incapable de trouver des idées pour les noms des chiens...
DES IDÉES DE NOMS POUR CINQ SPITZ NAINS ?
CLIC
CLIC
Donc j'ai demandé...
POPO MEME LALA NINI AN
DES IDÉES DE NOMS POUR CINQ SPITZ NAINS ?
ADJUGÉ !
Vous êtes géniaux !
Bref, j'espère que vous êtes contents que Fûtarô ait fini par parvenir à coucher avec Minoru !
TU PEUX DESSINER LES TÉTONS ?
TU PEUX MONTRER SES TÉTONS ?
Mon éditrice est obsédée par les tétons...
Minoru apparaît aussi dans le CD-drama de « Je préfère en nature », vous ne regretterez rien !
Achetez-le ! Il est génial !
Oui, c'est la deuxième fois que je le dis.

Je préfère que tu sois sage

Hana COLLECTION

www.boys-loves.fr

Traduit du japonais par : Delphine Desusclade
Responsable Editorial & Production : Tony
Maquette : Justine Mouron
Remerciements particuliers à Aurélie Valognes

Dépot légal : Fevrier 2021
ISBN 978-2-38276-019-2

Imprimé par GZ Digital Media as